W0030552

Zu diesem Buch

Neue Geschichten von zauberischer Poesie und charakteristischem Flair legte Capote mit diesem Buch vor, das zuerst 1958 unter dem Titel «Breakfast at Tiffany's» veröffentlicht wurde. Das Titelstück, ein Kurzroman, macht uns mit Holly Golightly bekannt, einem achtzehnjährigen, hinreißend verrückten Mädchen, das in einem der typischen schmalen Backsteinhäuser auf der East Side von Manhattan lebt und mit entwaffnender Unschuld bekennt: «Ich habe nicht mehr als elf Liebhaber gehabt.» Der Autor gibt ein so berückendes, melancholisches Porträt Hollys, daß wir uns in sie verlieben müssen, ob wir wollen oder nicht. Mit gleicher Kunst sind auch die Menschen der drei anderen Erzählungen gezeichnet, das leichte Haiti-Mädchen Ottilie, Tico Feo, der junge Sträfling mit der Diamanten-Gitarre, und in «Eine Weihnachts-Erinnerung» die alte, verkrüppelte Frau, die mit dem kleinen Buddy Früchtekuchen zum Fest backt.

Truman Capote wurde am 30. September 1925 in New Orleans geboren. Schon früh begann er zu schreiben, und bald erschienen seine Erzählungen in verschiedenen literarischen Zeitschriften. Mit neunzehn Jahren erhielt er für seine Erzählung «Miriam» den angesehenen O. Henry-Preis, den er 1948 für «Schließ die letzte Tür» zum zweitenmal bekam. 1948 wurde auch sein erster Roman «Andere Stimmen, andere Räume» veröffentlicht; er erregte Aufsehen durch seinen eindringlichen Stil und eine eigenartige Poesie, die einen neuen Ton in die amerikanische Literatur brachte. Der so früh zu internationalem literarischem Ruhm Gekommene versuchte sich in den verschiedensten Berufen. Truman Capote starb am 25. August 1984 in Los Angeles.

Von Truman Capote erschienen als rororo-Taschenbücher außerdem: «Kaltblütig» (Nr. 1176), «Erhörte Gebete» (Nr. 12439) und «Wenn die Hunde bellen» (Nr. 13096).

Nicolaus Schröder, geboren 1958, lebt als freier Journalist in Hamburg.

Truman Capote

Frühstück bei Tiffany

Ein Kurzroman und drei Erzählungen

Das Buch zum Film

Rowohlt

Die amerikanische Originalausgabe
erschien im Verlag Random House, Inc., New York,
unter dem Titel «Breakfast at Tiffany's»
«Frühstück bei Tiffany» wurde übertragen von
Hansi Bochow-Blüthgen, «Das Blumenhaus» von Marion F. Steipe,
«Die Diamanten-Gitarre» von Helen Ryhenstroh,
«Eine Weihnachts-Erinnerung» von Elisabeth Schnack

Mit einem Nachwort
von Nicolaus Schröder

Einmalige Sonderausgabe Februar 1995

Veröffentlicht im Rowohlt Taschenbuch Verlag GmbH,
Reinbek bei Hamburg, Januar 1962,
mit freundlicher Genehmigung des Limes Verlages, Wiesbaden

Umschlaggestaltung Walter Hellmann
(Foto: Paramount Films of Germany)
Gesamtherstellung Clausen & Bosse, Leck
Printed in Germany
800-ISBN 3 499 12088 7

Frühstück bei Tiffany

Es zieht mich stets dorthin zurück, wo ich einmal gelebt habe, zu den Häusern, der Gegend. Da ist zum Beispiel eines jener handtuchschmalen Backsteinhäuser, ehemals Besitz vornehmer Bürgerfamilien, in den East Seventies, wo ich Anfang des Krieges meine erste New Yorker Wohnung hatte. Nur ein Zimmer war dies, vollgestellt mit Bodengerümpel: einem Sofa und Sesseln mit kratzigem Plüsch in jenem gewissen Rot gepolstert, das einen an heiße Tage in Zügen denken läßt. Die Wände waren verputzt und von einer Farbe wie ausgespiener Tabaksaft. Überall – selbst im Badezimmer – gab es Drucke römischer Ruinen voll altersbrauner Stockflecke. Das einzige Fenster ging auf die Feuertreppe hinaus. Dennoch hoben sich meine Lebensgeister, sobald ich nur den Schlüssel zu dieser Wohnung in meiner Tasche spürte. Ungeachtet aller Trübseligkeit war es doch ein Heim, das mir gehörte, das erste, und meine Bücher waren da und Becher voll Bleistifte zum Anspitzen – alles, was ich, meinem Gefühl nach, brauchte, um zu dem Schriftsteller zu werden, der ich sein wollte.

Niemals ist mir in jenen Tagen der Gedanke gekommen, über Holly Golightly zu schreiben, und wahrscheinlich heute ebensowenig, wäre da nicht ein Gespräch mit Joe Bell gewesen, das sämtliche Erinnerungen an sie wieder aufleben ließ.

Holly Golightly war damals Mieterin in dem alten Backsteinhaus; sie bewohnte die Wohnung unter mir. Und was Joe Bell angeht, so hatte er einen Ausschank gleich um die Ecke in der Lexington Avenue; er hat ihn noch. Holly und ich gingen alle beide oft sechs oder siebenmal am Tage dorthin, nicht um etwas zu trinken, jedenfalls nicht immer, sondern zum Telephonieren. Während des Krieges war ein privates Telephon schwer zu bekommen. Überdies war Joe Bell zum Entgegennehmen von Botschaften gut verwendbar, was im Fall Holly keine geringe Gefälligkeit bedeutete, denn sie erhielt entsetzlich viele.

Natürlich ist das jetzt lange her, und bis letzte Woche hatte ich Joe Bell einige Jahre nicht mehr gesehen. Ab und an hatten wir Verbindung gehabt, und wenn ich in der Nähe vorüberkam, ging ich auch gelegentlich zu ihm hinein; doch waren wir nie besondere Freunde gewesen, höchstens insoweit, als wir beide Freunde von Holly Golightly waren. Joe Bell ist nicht sehr entgegenkommend, das gibt er selber zu. Er meint, es käme daher, weil er Junggeselle sei und Magensäure habe. Jeder, der ihn kennt, wird erklären, daß es schwer ist, sich mit ihm zu unterhalten. Und unmöglich, wenn man nicht seine Interessen teilt, zu denen Holly gehört. Einige andere sind: Eishockey, Weimaraner Vorstehhunde, OUR GAL SUNDAY, eine Sendereihe des Werbefunks, die er sich seit fünfzehn Jahren anhört, sowie Gilbert und Sullivan – er behauptet, mit einem der beiden verwandt zu sein, ich weiß nicht mehr mit welchem.

Und als nun am vergangenen Dienstag spätnachmittags das Telephon klingelte und ich vernahm «Hier Joe Bell», wußte ich, daß es sich um Holly handeln mußte. Er sagte es nicht, nur: «Können Sie gleich mal herübergerattert kommen? Es ist wichtig», und es war ein aufgeregtes Quäken in seiner froschähnlichen Stimme.

Im strömenden Oktoberregenguß nahm ich eine Taxe und dachte unterwegs sogar schon, sie könnte da sein, ich würde Holly wiedersehen. Doch an Ort und Stelle war dann niemand außer dem Eigentümer. Bei Joe Bell ist es ruhig im Vergleich zu den meisten Lokalen der Lexington Avenue. Das protzt weder mit Neon noch Fernsehapparat. Zwei alte Spiegel reflektieren das Wetter von der Straße draußen; und in einer Nische hinter der Theke, umgeben von Photographien der Eishockeystars, steht immer eine dickbauchige Vase mit frischen Blumen, die Joe Bell selber mit mütterlicher Sorgfalt arrangiert. Und eben damit war er auch beschäftigt, als ich hereinkam.

«Natürlich», sagt er, während er eine Gladiole tief in die Vase versenkte, «natürlich würde ich Sie nicht eigens hergeholt haben, wenn ich nicht eben gern Ihre Meinung gehört hätte. Es ist zu sonderbar. Etwas sehr Sonderbares ist passiert.»

«Sie haben von Holly gehört?»

Er fingerte an einem Blatt herum, als sei er unsicher, wie darauf zu antworten. Der kleine Mann mit einem prächtigen Strubbelkopf weißer Haare hat ein knochiges, schräg vorspringendes Gesicht, das zu einem wesentlich größeren Menschen besser passen würde; sein Teint wirkt ständig sonnenverbrannt und wurde nun sogar noch röter. «Von ihr gehört kann ich nicht eigentlich sagen. Das heißt, ich weiß nicht. Deswegen wollte ich ja Ihre Meinung haben. Lassen Sie mich etwas zu trinken für Sie zurechtmachen. Was Neues. Nennt sich Weißer Engel», sagte er und mixte halb Wodka, halb Gin, ohne Wermut. Während ich das Ergebnis trank, stand Joe Bell daneben, lutschte eine Magenpille und wälzte in seinem Hirn, was er mir erzählen wollte. Dann: «Erinnern Sie sich an einen gewissen Mr. I. Y. Yunioshi? Einen Herrn aus Japan?»

«Aus Kalifornien», sagte ich, mich seiner genau erinnernd. Mr. Yunioshi ist Photograph bei einer der Bildzeitschriften, und als ich ihn kannte, bewohnte er das Atelier im Dachgeschoß des Backsteinhauses.

«Nun bringen Sie mich nicht durcheinander. Ich frage ja einzig und allein, ob Sie wissen, wen ich meine? Schön. Wer also kommt gestern abend hier angetanzt? Eben genau dieser Mr. I. Y. Yunioshi. Gesehen habe ich ihn nicht — das müssen, denke ich, mehr als zwei Jahre sein. Und wo meinen Sie, daß er in diesen zwei Jahren gewesen ist?»

«Afrika.»

Joe Bell hörte mit seiner Pillenlutscherei auf, seine Augen verengten sich. «Also woher wußten Sie das?»

«Bei Winchell gelesen.» Was tatsächlich stimmte, ich hatte es aus der Gesellschaftsklatschspalte.

Klingelnd ließ er seine Kasse aufspringen und entnahm ihr einen braunen Umschlag. «Na, dann sehen Sie mal, ob Sie das hier auch bei Winchell gelesen haben.»

In dem Umschlag waren drei Photographien, mehr oder weniger die gleichen, wenn auch aus verschiedener Sicht aufgenommen: ein hochgewachsener feingliedriger Neger im Baumwollkattunrock, mit einem schüchternen und dennoch eitlen Lächeln, der auf seinen Händen eine eigenartige Holzskulptur zur Schau stellte, den in die Länge gezogenen geschnitzten Kopf eines Mädchens, das Haar eng anliegend und kurz wie bei einem Jüngling, ihre glatten Holzaugen zu groß und schräg gestellt im spitzzulaufenden Gesicht, ihr Mund breit, überbetont, den Lippen eines Clowns nicht unähnlich. Auf den ersten Blick wirkte sie ganz wie die meisten primitiven Schnitzereien; und dann doch wieder nicht, denn dies war das genaue Abbild von Holly Golightly, wenigstens so weit, wie ein dunkles regloses Ding ihr überhaupt ähnlich sein konnte.

«Nun, was sagen Sie dazu?» fragte Joe Bell, befriedigt über meine Verwirrung.

«Es sieht ihr ähnlich.»

«Hören Sie, mein Junge», und er schlug mit der Hand auf die Theke, «das *ist* sie. So sicher wie ich ein Mann bin, der Hosen tragen kann. Der kleine Japanese wußte es in der ersten Minute, als er sie erblickte.»

«Er hat sie gesehen? In Afrika?»

«Na ja – eben diesen Kopf da. Aber das kommt aufs gleiche 'raus. Lesen Sie die Angaben selber», sagte er, indem er eine der Photographien herumdrehte. Auf der Rückseite stand: Holzschnitzarbeit, Südlicher Stamm, Tococul, Ostafrika, Weihnachtstag 1956.

Er sagte: «Nun, was der Japanese dazu berichtet», und dies war die Geschichte: Am Weihnachtstag war Mr. Yunioshi mit seiner Kamera durch Tococul gekommen, ein Dorf im Gewirr des Irgendwo und Unbedeutenden, nichts als eine Ansammlung von Lehmhütten mit Affen in den Höfen und Bussarden auf den Dächern. Er hatte bereits beschlossen, weiterzuziehen, als er plötzlich einen Neger in einer Türöffnung hocken und Affen in einen Spazierstock schnitzen sah. Mr. Yunioshi war beeindruckt und wollte mehr von seinen Arbeiten sehen. Worauf ihm der geschnitzte Mädchenkopf gezeigt wurde und er zu träumen glaubte, wie er Joe Bell erzählte. Doch als er sich zum Kauf erbot, umfaßte der Neger seinen Geschlechtsteil mit der Hand (offenbar eine ebenso delikate Geste wie die beteuernd aufs Herz gelegte Hand) und sagte nein. Ein Pfund Salz und zehn Dollar, eine Armbanduhr und zwei Pfund Salz und zwanzig Dollar, nichts machte ihn wankend. Mr. Yunioshi war auf jeden Fall entschlossen, herauszufinden, wie es zu der Schnitzerei gekommen war. Es kostete ihn sein Salz und seine Uhr und der Vorgang wurde ihm im Eingeborenendialekt, Pidgeonenglisch und Zeichensprache übermittelt. Doch schien es danach, daß im Frühjahr jenes Jahres eine Gruppe von drei Weißen aus dem Busch erschienen war, zu Pferde. Eine junge Frau und zwei Männer. Die Männer, beide mit rotentzündeten Augen, waren gezwungen, einige Wochen abgeschlossen und fiebergeschüttelt in einer isolierten Hütte zu verweilen, während die junge Frau, die alsbald eine Neigung zu dem Holzschnitzer gefaßt hatte, die Schlafmatte des Holzschnitzers teilte.

«Diesem Teil der Geschichte schenke ich keinen Glauben», sagte Joe Bell angeekelt. «Ich weiß, sie hatte ihre Eigenarten, aber ich glaube nicht, daß sie es auch nur annähernd so weit treiben würde.»

«Und dann?»

«Nichts dann», zuckte er die Achseln. «Mit der Zeit ist sie fort, wie sie kam, ritt auf dem Pferd davon.»

«Allein oder mit den beiden Männern?»

Joe Bells Lider zuckten. «Mit den beiden Männern, vermute ich. Nun hat der Japanese landauf und landab nach ihr gefragt. Aber keiner sonst hat sie je zu Gesicht bekommen.» Dann war es, als spüre er mein eigenes Gefühl der Enttäuschung auf sich übergreifen und wünschte nicht, daran teilzuhaben. «Eines müssen Sie ja zugeben, es ist die einzige *definitive* Nachricht in ich weiß nicht wieviel» — er zählte an den Fingern ab, sie reichten nicht aus — «Jahren. Ich hoffe nur eins: daß sie reich ist, hoffe ich. Sie muß reich sein. Nur wenn man reich ist, kann man so in Afrika 'rumbummeln.»

«Wahrscheinlich hat sie keinen Fuß nach Afrika hineingesetzt», sagte ich und glaubte es; dennoch konnte ich sie mir dort vorstellen, es war etwas, wo sie hinreisen würde. Und der geschnitzte Kopf — ich schaute wieder die Photographien an.

«So viel wissen Sie — wo ist sie also?»

«Tot. Oder in der Irrenanstalt. Oder verheiratet. Ich denke, sie wird verheiratet sein und ruhig geworden und vielleicht sogar mitten unter uns hier in der Stadt.»

Er dachte einen Augenblick nach. «Nein», meinte er und schüttelte den Kopf. «Ich sag' Ihnen auch, warum. Wenn sie hier in der Stadt wäre, müßte ich sie gesehen haben. Nehmen Sie einen Mann, der gern spazierengeht, einen Mann wie mich, einen Mann, der seit elf, zwölf Jahren durch die Straßen läuft, und in all diesen Jahren hält er die Augen offen nach jemand und niemals ist sie es – versteht sich's danach nicht, daß sie nicht da ist? Stückchen von ihr sehe ich immerzu, so einen flachen kleinen Hintern, irgendein mageres Mädchen, das kerzengrade und eilig dahinläuft –» Er stockte, als sei er sich bewußt geworden, wie scharf ich ihn musterte. «Sie denken, ich bin übergeschnappt?»

«Es ist nur, weil ich nicht gewußt habe, daß Sie sie liebten. Nicht so jedenfalls.»

Mir tat es leid, das gesagt zu haben; es brachte ihn aus der Fassung. Er scharrte die Photographien zusammen und tat sie wieder in ihren Umschlag zurück. Ich blickte auf meine Uhr. Ich mußte nirgendwohin, aber ich glaubte, es sei besser, zu gehen.

«Warten Sie», sagte er und packte mich am Handgelenk. «Klar habe ich sie geliebt. Aber es war nicht so, daß ich sie anrühren wollte.» Ohne ein Lächeln fuhr er fort: «Nicht daß ich etwa an diese Seite der Angelegenheit nicht dächte. Selbst in meinem Alter noch und ich werde siebenundsechzig am zehnten Januar. Es ist eine sonderbare Tatsache – aber je älter ich werde, je mehr scheint diese Seite der Dinge mein Hirn zu beschäftigen. Ich kann mich nicht erinnern, so viel daran gedacht zu haben, als ich ein junger Kerl war und es jeden Augenblick passierte. Vielleicht je älter man wird und je weniger einfach es ist, den Gedanken zur Tat werden zu lassen, mag sein, das ist es, weswegen es sich einem im Kopfe festsetzt und zur Last wird. Wenn ich so in der Zeitung von einem alten Mann lese, der sich schamlos aufgeführt hat, dann weiß ich, daß es von dieser Last kommt. Aber» – er schenkte sich ein Schnapsglas voll Whisky und kippte ihn pur hinunter – «ich werde mich niemals schamlos aufführen. Und ich schwöre, daß es mir bei Holly niemals in den Sinn gekommen ist. Man kann jemand lieben, ohne daß es so sein muß. Man hält sie fern von sich, fern und doch vertraut.»

Zwei Männer kamen in das Lokal, und es schien mir der Augenblick, zu gehen. Joe Bell folgte mir zur Tür. Er packte wieder mein Handgelenk. «Glauben Sie es?»

«Daß Sie sie nicht anrühren wollten?»

«Ich meine das mit Afrika.»

Im Moment konnte ich mich anscheinend der Geschichte gar nicht so recht entsinnen, nur des Bildes, wie sie auf einem Pferde davonritt. «Jedenfalls ist sie verschwunden.»

«Ja», sagte er, indem er die Tür öffnete. «Einfach verschwunden.»

Draußen hatte der Regen aufgehört, nur sein Dunst lag noch in der Luft; so bog ich um die Ecke und ging die Straße entlang, wo das Backsteinhaus steht. Es ist eine Straße mit Bäumen, die im Sommer kühle Schattenmuster auf das Pflaster werfen, jetzt aber waren die Blätter vergilbt und zumeist abgefallen, und der Regen hatte sie schlüpfrig gemacht, sie glitschten einem unter den Füßen. Das Backsteinhaus liegt mitten in einem Block, nicht weit von einer Kirche, wo eine melancholische Turmuhr die Stunden schlägt. Es ist seit meiner Zeit frisch gestrichen, eine prächtige dunkle Tür hat das alte Mattglas ersetzt, und elegante graue Läden rahmen die Fenster. Niemand wohnt mehr dort, an den ich mich erinnere, bis auf Madame Sapphia Spanella, eine robuste Koloratursängerin, die jeden Nachmittag in den Central-Park rollschuhlaufen ging. Daß sie noch da ist, weiß ich, weil ich die Stufen hinaufging und bei den Briefkästen nachschaute. Es war einer dieser Briefkästen, der mich zuerst auf Holly Golightly aufmerksam gemacht hatte.

Ich hatte etwa eine Woche im Hause gewohnt, als mir auffiel, daß der zu Apartment Nr. 2 gehörige Briefkasten eine merkwürdige Visitenkarte in seinem Namensschlitz trug. Eher im Stil exklusivster Firmen gedruckt stand da zu lesen: Miss Holiday Golightly, und darunter in der Ecke: Auf Reisen. Es hakte sich in mir fest wie eine Melodie: Miss Holiday Golightly, Auf Reisen.

Eines Nachts – es war längst zwölf vorüber – wachte ich von

der lauten Stimme auf, mit der Mr. Yunioshi die Treppe hinunterrief. Da er im Dachgeschoß wohnte, fiel ihr Klang durch das ganze Haus, aufgebracht und streng: «Miss Golightly! Ich mussen protestieren!»

Die Stimme, die vom Grunde der Treppe heraufquellend zurücktönte, war naiv-jung und selbstbelustigt. «Ach, Herzchen, es *tut* mir so leid. Ich hab den verdammten Schlüssel verloren.»

«Sie können nicht immer meine Klingel drücken. Sie mussen bitte, bitte sich Schlüssel machen lassen.»

«Aber ich verlier sie doch alle.»

«Ich arbeiten, ich brauchen Schlaf», schrie Mr. Yunioshi. «Aber immer Sie meine Klingel drücken ...»

«Ach nicht böse sein, liebster Kleiner, ich will's bestimmt nicht wieder tun. Und wenn Sie versprechen, nicht böse zu sein» — ihre Stimme kam näher, sie stieg die Treppe herauf —, «lasse ich Sie vielleicht die Aufnahmen machen, die wir mal erwähnten.»

Inzwischen hatte ich mein Bett verlassen und die Tür einen Spaltbreit geöffnet. Ich konnte Mr. Yunioshis Schweigen hören — hören, weil es von einem vernehmbaren Wechsel der Atmung begleitet war.

«Wann?» sagte er.

Das Mädchen lachte. «Irgendeinen Tag», erwiderte sie und dehnte es unbestimmt.

«Jeden Tag», sagte er und schloß seine Tür.

Ich trat ins Treppenhaus hinaus und beugte mich übers Geländer, eben genug um zu sehen ohne gesehen zu werden. Sie war noch auf den Stufen, erreichte nun den Absatz, und die Flickerlfarben ihres Bubenkopfes, lohfarbene Streifen, Strähnen von Weißblond und Gelb, fingen sich im Treppenlicht. Es war ein warmer Abend, fast schon Sommer, und sie trug ein schmales schlichtes schwarzes Kleid, schwarze Sandaletten, eine halsenge Perlenkette. Ungeachtet ihrer schicken Magerkeit ging etwas wie ein Hauch Haferflockenfrühstücksgesundheit von ihr aus, eine Zitronen- und Seife-Sauberkeit, ein derbes Blaßrot überschattete ihre Wangen. Ihr Mund war breit, die Nase wies nach oben. Dunkle Gläser löschten ihre Augen aus. Es war ein Gesicht über die Kindheit hinaus, doch noch nicht in die Bezirke des Fraulichen gehörend. Ich schätzte sie irgendwo zwischen sechzehn und dreißig; wie es sich herausstellte, scheute sie noch zwei Monate vor ihrem neunzehnten Geburtstag zurück.

Sie war nicht allein. Da war ein Mann, der hinter ihr herging. Die Art, wie seine fette Hand ihre Hüfte gepackt hielt, wirkte irgendwie unanständig, nicht vom Moralischen, sondern vom Ästhetischen her. Er war kurz und gewaltig, höhensonnegebräunt und pomadisiert, ein Mann in einem haltgebenden Nadelstreifen-Anzug mit einer im Knopfloch welkenden roten Nelke. An ihrer Türe angekommen, kramte sie in ihrer Handtasche herum auf der Suche nach einem Schlüssel und schenkte der Tatsache keine Beachtung, daß seine dicken Lippen ihr Nackendekolleté abtasteten. Endlich jedoch, da sie den Schlüssel fand und ihre Türe aufmachte, drehte sie sich freundschaftlich zu ihm um: «Alles Gute, Herzchen – es war goldig, daß Sie mich begleitet haben.»

«He, Baby!» rief er, denn die Tür ging vor seiner Nase zu.

«Ja, Harry?»

«Harry war der andere Kerl. Ich bin Sid. Sid Arbuck. Sie mochten mich doch.»

«Ich bete Sie an, Mr. Arbuck. Aber gute Nacht, Mr. Arbuck.»

Mr. Arbuck starrte ungläubig, als die Tür fest ins Schloß fiel. «He, Baby, reinlassen, Baby! Sie mochten mich doch, Baby. Mich mag doch jede. Habe ich nicht die Rechnung auf mich genommen, fünf Leute, alles *Ihre* Freunde, die ich nie zuvor gesehen hatte? Gibt mir das denn nicht das Recht darauf, daß Sie mich nun auch mögen? Sie mögen mich doch, Baby.»

Er pochte leise, dann lauter gegen die Tür; schließlich ging er mit gekrümmtem Rücken und gesenktem Kopf einige Schritte rückwärts, als beabsichtigte er, vorzustoßen, sie einfach niederzubrechen. Anstatt dessen stürzte er die Treppe hinunter und schlug dabei mit einer Faust gegen die Wand. Gerade als er unten angekommen war, tat sich die Wohnungstür des Mädchens auf und sie steckte den Kopf heraus.

«Ooh, Mr. Arbuck...»

Er drehte sich um, ein Lächeln der Erleichterung überglänzte ölig sein Gesicht; sie hatte nur Spaß gemacht.

«Das nächstemal, wenn ein Mädchen etwas Kleingeld haben

will zum Händewaschen», rief sie, keineswegs im Spaße, «rate ich Ihnen gut, Herzchen: geben Sie ihr *nicht* zwanzig Cents!»

Sie hielt das Mr. Yunioshi gegebene Versprechen; oder ich nehme doch an, daß sie nicht mehr auf seine Klingel drückte, denn in den nächsten Tagen begann sie das bei der meinen, manchmal um zwei in der Frühe, um drei und vier — sie hatte keine Hemmungen, zu welcher Stunde auch immer mich aus dem Bett zu holen, um den Drücker zu betätigen, der die Tür unten aufspringen ließ. Da ich nur wenige Freunde hatte und keinen, der so spät noch dahergekommen wäre, wußte ich immer, daß sie es war. Doch bei den ersten Malen, da dies geschah, ging ich an meine Tür, halb und halb in Erwartung schlechter Nachrichten, eines Telegramms; und Miss Goligthly rief dann nur herauf: «Entschuldigung, Herzchen — ich habe meinen Schlüssel vergessen.»

Selbstverständlich hatten wir einander nie kennengelernt. Wenngleich wir uns in Wirklichkeit auf der Treppe, in den Straßen, oft begegnet waren, doch schien sie mich nicht recht zu bemerken. Sie war nie ohne dunkle Brille, sie war stets untadelig angezogen, es lag unweigerlich guter Geschmack in der Schlichtheit ihrer Kleidung, deren Blaus und Graus und dem Fehlen jeglichen Flitters, was dafür ihr selbst so viel Glanz verlieh. Man hätte sie wohl für ein Photomodell, vielleicht auch eine junge Schauspielerin halten mögen, wäre nicht offensichtlich aus ihrem Stundenplan zu schließen gewesen, daß sie für keines von beidem Zeit gehabt hätte.

Dann und wann begegnete ich ihr zufällig außerhalb unseres Stadtviertels. Einmal nahm mich ein durchreisender Verwandter mit ins «21», und da, an einem der exklusivsten Tische, umgeben von vier Männern, von denen nicht einer Mr. Arbuck, jedoch jeder ohne weiteres mit ihm auszutauschen war, saß Miss Golightly, lässig, und kämmte sich in aller Öffentlichkeit die Haare; und ihre Miene, ein unbewußtes Gähnen, wirkte mit ihrem Beispiel auf mich als Dämpfer der Erregung, die ich darüber empfand, an einem so todschicken Ort zu dinieren. An einem anderen Abend mitten im Sommer trieb mich die Hitze meines Zimmers auf die Straße hinaus. Ich spazierte die Third Avenue hinunter zur fünfzigsten Street, wo ein Antiquitätenladen einen Gegenstand im Fenster hatte, den ich bewundernd betrachtete: einen Vogelkäfigpalast, eine Moschee mit Minaretten und Bambusräumen, die sich danach sehnten, mit redseligen Papageien gefüllt zu werden. Der Preis jedoch war dreihundertfünfzig Dollar. Auf dem Heimweg bemerkte ich eine Ansammlung von Taxichauffeuren vor P. J. Clarks Bar, allem Anschein nach angezogen von einer seligheiteren Gruppe whisky-äugiger australischer Offiziere und deren baritonalem Gesang der «Waltzing Matilda». Während des Singens wirbelten sie abwechselnd ein Mädchen über das Kopfsteinpflaster unter der Stadtbahn, und dies Mädchen – Miss Goligthly, wie nicht anders zu erwarten – wehte in ihren Armen herum, leicht wie ein seidener Schal.

Doch wenn Miss Golightly weiterhin von meiner Existenz nichts ahnte, es sei denn als bequeme Türklingel, wurde ich im Laufe des Sommers eine Autorität in bezug auf die ihre. Ich entdeckte aus der Beobachtung des Abfallkorbs vor ihrer Tür, daß ihre regelmäßige Lektüre aus billigen Magazinen, Reiseprospekten und astrologischen Tabellen bestand, daß sie eine Sonderanfertigung Zigaretten mit dem Namen Picayune rauchte, sich von Quark und Melba-Zwieback am Leben erhielt, daß ihr verschiedenfarbiges Haar teilweise selbstverschuldet war. Aus der gleichen Quelle wurde offenbar, daß sie Soldatenbriefe in rauhen Haufen erhielt. Sie waren stets in Streifen gerissen, wie Buchzeichen. Ich gewöhnte mir an, gelegentlich im Vorübergehen so ein Buchzeichen zu greifen. *Nicht vergessen* und *vermissen* und *Regen* und *bitte schreiben* und *verdammt* und *gottverdammt* waren die Worte, die auf den Zetteln am häufigsten wiederkehrten, sie und *einsam* und *Liebe*.

Außerdem hatte sie eine Katze, und sie spielte Gitarre. An Tagen, da die Sonne kräftig schien, wusch sie sich gern ihr Haar und saß mit ihrer Katze, einem rotgetigerten Kater, draußen auf der Feuertreppe und zupfte an ihrer Gitarre, während ihr Haar trocknete. Sobald ich die Musik hörte, ging ich und stellte mich still neben mein Fenster. Sie spielte sehr gut und sang manchmal dazu. Sang mit der heiseren, leicht überkippenden Stimme eines heranwachsenden Knaben. Sie kannte alle beliebten Schlager aus den großen Shows, Cole Porter und Kurt Weill; besonders mochte sie die aus OKLAHOMA!, die in jenem Sommer neu und überall zu hören waren. Aber es kamen Momente, da sie Lieder spielte, die einen reizten, darüber nachzudenken, wo sie sie wohl gelernt haben mochte, wo sie überhaupt herstammte. Rauhzarte Wanderweisen, deren Worte nach Nadelwäldern oder Prärie schmeckten. Eines ging so: *Will niemals schlafen, Tod nicht erleiden, Will nur so dahinziehn über die Himmelsweiden*; und das schien ihr am besten zu gefallen, denn oft sang sie es noch lange weiter, nachdem ihr Haar getrocknet war, die Sonne untergegangen und erleuchtete Fenster in der Dämmerung standen.

Aber unsere Bekanntschaft machte keine Fortschritte bis zum September, einem Abend, den die ersten Kräuselwellen herbstlicher Kühle durchliefen. Ich war in einem Film gewesen, heimgekommen und zu Bett gegangen mit einem Whisky als Schlaftrunk und dem neuesten Simenon — so sehr der Inbegriff der Gemütlichkeit, daß ich ein Gefühl des Unbehagens nicht verstehen konnte, das zunahm, bis ich das Schlagen meines Herzens spürte. Es war ein Gefühl, von dem ich gelesen, über das ich geschrieben, jedoch nie zuvor erlebt hatte. Das Gefühl, beobachtet zu werden. Daß jemand im Zimmer war. Dann — ein plötzliches Klopfen am Fenster, das flüchtige Erkennen von etwas geisterhaft Grauem — ich verschüttete meinen Whisky. Es dauerte ein Weilchen, ehe ich mich dazu aufraffen konnte, das Fenster zu öffnen und Miss Goligthly zu fragen, was sie wünsche.

«Ich hab' den denkbar widerlichsten Menschen unten bei mir», sagte sie, von der Feuertreppe herab in mein Zimmer tretend. «Das heißt, er ist goldig, wenn er nicht betrunken ist, läßt man ihn aber erst damit anfangen, *vino* in sich 'reinzuschlapfen — o Gott, *quel* Biest! Wenn es etwas gibt, das ich hasse, dann sind das Männer, die beißen.» Sie ließ den grauen Flanellmorgenrock von ihrer Schulter gleiten, um mir durch den Augenschein zu beweisen, was daraus wird, wenn ein Mann beißt. Der Morgenrock war alles, was sie trug. «Es tut mir leid, wenn ich Sie erschreckt habe. Aber als das Biest so lästig wurde, bin ich einfach zum Fenster hinaus. Ich glaube, er denkt, ich bin im Bad — wenn mir das auch verdammt egal ist, was er denkt, soll er zum Teufel gehen, er wird schon einschlafen, mein Gott, nötig hat er's, acht Martinis vorm Essen und Wein genug, um einen Elefanten drin zu baden. Hören Sie, Sie können mich 'rausschmeißen, wenn Sie gern möchten. Es ist eine Frechheit von mir, hier so einfach 'reinzusegeln. Aber die Nottreppe draußen war so verdammt kalt. Und Sie sahen so gemütlich aus. Genau wie mein Bruder Fred. Wir schliefen zu viert in einem Bett, und er war der einzige, an den ich mich ankuscheln durfte in kalten Nächten. Macht es Ihnen übrigens was aus, wenn ich Sie Fred nenne?» Sie war unterdes ganz ins Zimmer hereingekommen und stehengeblieben, um mich prüfend anzuschauen. Nie zuvor hatte ich sie gesehen, ohne daß sie dunkle Gläser trug, und es war nun offensichtlich, daß es sich um eine verordnete Brille handeln mußte, denn ohne sie hatten ihre Augen das verkniffene Schielen eines Uhrmachers. Es waren große Augen, ein wenig blau, ein wenig grün, leicht braun gesprenkelt — verschiedenfarbig wie ihr Haar, und wie ihr Haar strahlten sie lebendige Wärme aus. «Vermutlich halten Sie mich für höchst unverschämt. Oder *très fou*. Oder so ähnlich.»

«Keineswegs.»

Sie schien enttäuscht. «Doch, das tun Sie. Es tut's jeder. Mir macht das nichts. Es ist ganz nützlich.» Sie ließ sich auf einem der wackligen roten Plüschsessel nieder, zog beide Beine unter sich und blickte im Zimmer umher, wobei sie ihre Augen noch unverkennbarer zusammenkniff. «Wie können Sie das aushalten? Eine Schreckenskammer.»

«Ach, man gewöhnt sich an alles», sagte ich, ärgerlich über mich selbst, denn ich war in Wirklichkeit sehr stolz auf diesen Raum.

«Ich nicht. Ich werde mich nie an irgendwas gewöhnen. Wer das tut, der kann ebensogut tot sein.» Ihre tadelnden Blicke musterten noch einmal das Zimmer. «Was *tun* Sie denn nur hier den ganzen Tag?»

Ich machte eine Handbewegung auf einen hoch mit Büchern und Papieren bedeckten Tisch zu. «Ich schreibe allerhand.»

«Ich dachte, Schriftsteller wären ziemlich alt. Freilich, Saroyan ist nicht alt. Ich bin ihm auf einer Gesellschaft begegnet, und er ist wirklich noch gar nicht alt. Nein tatsächlich», überlegte sie, «wenn er sich besser rasieren würde... ist übrigens Hemingway alt?»

«In den Vierzigern, sollte ich meinen.»

«Nicht schlecht. Mich regen keine Männer auf, wenn sie nicht wenigstens zweiundvierzig sind. Ich kenne da eine idiotische Person, die mir ständig vorerzählt, ich müßte zu solch einem Hirnputzer gehen – sie sagt, ich hätte 'nen Vaterkomplex. Was mehr als *merde* ist. Ich habe mich ganz einfach drauf *trainiert*, nur ältere Männer zu mögen, und das war das Klügste, was ich je gemacht habe. Wie alt ist W. Somerset Maugham?»

«Ich weiß nicht genau. Irgendwie über sechzig.»

«Nicht schlecht. Mit einem Schriftsteller bin ich noch nie ins Bett gegangen. Nein, halt – kennen Sie Benny Shacklett?» Sie runzelte die Stirn, als ich meinen Kopf schüttelte. «Aber komisch. Er hat einen ganzen Haufen Zeug fürs Radio geschrieben. Doch *quel rat*. Sagen Sie, sind Sie ein richtiger Schriftsteller?»

«Kommt darauf an, was Sie unter richtig verstehen.»

«Na, Herzchen, *kauft* irgendwer das, was Sie schreiben?»

«Noch nicht.»

«Ich werde Ihnen helfen», sagte sie. «Kann ich nämlich. Denken Sie bloß an all die Leute, die ich kenne, die Leute kennen. Ich werde Ihnen helfen, weil Sie aussehen wie mein Bruder Fred. Nur kleiner. Ich habe ihn nicht mehr gesehen, seit ich vierzehn war, damals ging ich nämlich von zu Hause fort, und er war bereits einsfünfundachtzig. Meine anderen Brüder waren mehr Ihr Format. Kümmerlinge. Daß Fred so groß wurde, kam von der Erdnußbutter. Alle hielten es für verrückt, die Art, wie er sich mit Erdnußbutter vollstopfte; ihn kümmerte nichts auf dieser Welt als Pferde und Erdnußbutter. Aber er war nicht verrückt, nur reizend und ein bißchen unklar im Kopf und entsetzlich langsam; er war schon drei Jahre in der achten Klasse, als ich davonlief. Armer Fred. Ich möchte wohl wissen, ob sie bei den Soldaten großzügig sind mit der Erdnußbutter. Wobei mir einfällt, daß ich vor Hunger umkomme.»

Ich deutete auf eine Schale mit Äpfeln, fragte sie gleichzeitig, wie und warum sie so jung schon von zu Hause weggelaufen sei. Sie schaute mich verloren an und rieb sich die Nase, als kitzle sie dort etwas – eine Geste, die ich, nach häufiger Wiederholung, als Signal dafür erkennen lernte, daß man eine Grenze überschritt. Wie bei vielen Menschen mit der kühnen Vorliebe, aus freien Stücken intime Aufschlüsse zu geben, wurde sie bei allem, was wie eine direkte Frage, ein Festlegenwollen aussah, sofort zurückhaltend. Sie biß ein Stück Apfel ab und sagte: «Erzählen Sie mir etwas, was Sie geschrieben haben. Die Handlung.»

«Das ist eben eine der Schwierigkeiten. Es sind keine Geschichten, die man erzählen könnte.»

«Zu unanständig?»

«Vielleicht lasse ich Sie gelegentlich mal eine lesen.»

«Whisky und Apfel paßt zusammen. Schenken Sie mir einen ein, Herzchen. Dann können Sie mir selber eine vorlesen.»

Sehr wenige Autoren, insonderheit ungedruckte, können der Aufforderung widerstehen, vorzulesen. Ich schenkte uns beiden etwas ein, setzte mich in den Stuhl gegenüber und begann ihr vorzulesen, wobei meine Stimme in einer Mischung von Lampenfieber und Begeisterung etwas bebte – es war eine neue Geschichte, die ich tags zuvor beendet hatte, so daß jenes unvermeidliche Gefühl des Versagthabens sich noch nicht entwickeln konnte. Es handelte sich um zwei Frauen, die gemeinsam ein Haus bewohnen, Lehrerinnen, von denen die eine, als sich die andere verlobt, durch anonyme Briefe eine Skandalgeschichte verbreitet, was die Heirat verhindert. Während ich las, krampfte jeder Blick, den ich Holly verstohlen zuwarf, mein Herz zusammen. Sie fipselte herum. Sie zerzupfte die Zigarettenreste im Aschbecher, sie stierte verträumt auf ihre Fingernägel, als wünsche sie sich eine Nagelfeile; schlimmer noch: da ich ihr Interesse gepackt glaubte, lag in Wirklichkeit ein verräterischer Reif über ihren Augen, als überlege sie, ob sie sich das Paar Schuhe kaufen sollte, das sie im Schaufenster gesehen.

«Ist das der *Schluß?*» fragte sie, auffahrend. Sie suchte herum, was sie noch sagen könnte. «Schwule kann ich an sich ganz gut leiden. Angst habe ich keine vor ihnen. Aber ganze Geschichten über so was langweilen mich zum Gotterbarmen. Ich kann mich einfach nicht in sie 'reinversetzen. Na ja, wirklich, Herzchen», sagte sie, weil ich sichtlich ratlos war, «um was, zum Teufel, handelt es sich denn, wenn nicht um zwei so'ne, die andersrum sind?»

Aber ich war nicht in der Stimmung, den Fehler, diese Geschichte gelesen zu haben, mit der zusätzlichen Unannehmlichkeit, sie erklären zu müssen, zu verbinden. Die gleiche Eitelkeit, die mich zu solcher Bloßstellung gebracht hatte, trieb mich jetzt dazu, sie als Wichtigtuerin ohne Empfindung und Verstand herabzusetzen.

«Nebenbei gesagt», versetzte sie, «*kennen* Sie vielleicht zufällig ein paar nette Schwule? Ich suche nämlich eine Zimmergenossin. Sie brauchen gar nicht zu lachen. Ich bin derart durcheinander, ich kann mir einfach kein Mädchen leisten. Und die Sorte ist nämlich wunderbar im Hause, sie reißen sich danach, alle Arbeit zu machen, nie braucht man sich ums Fegen oder Abtauen oder Wäscheweggeben zu kümmern. Ich hatte eine Mitmieterin in Hollywood, die in Wildwestfilmen spielte und der Einsame Jäger genannt wurde. Aber das kann ich wohl von ihr sagen, daß sie im Hause besser als jeder Mann zu gebrauchen war. Natürlich konnten die Leute nicht anders als denken, ich müßte selber auch so'n bißchen andersrum sein. Bin ich natürlich auch. Jeder ist das — ein bißchen. Wenn schon. Das hat bisher noch nie einen Mann abgehalten, scheint sie im Gegenteil anzustacheln. Sehen Sie am Einsamen Jäger: zweimal verheiratet. Gewöhnlich heiraten solche nur einmal, nur wegen des Namens. Es scheint einem für später solch *cachet* zu geben, wenn man sich Mrs. Soundso nennen kann. Das ist doch nicht wahr!» Sie starrte den Wecker auf dem Tisch an. «Es kann nicht halb fünf sein!»

Das Fenster wurde langsam dämmrig. Eine Sonnenaufgangsbrise bewegte leicht die Vorhänge.

«Was ist heute?»

«Donnerstag.»

«*Donnerstag.*» Sie erhob sich. «Mein Gott», sagte sie und sank mit einem Seufzer wieder zurück. «Es ist zu grauenhaft.»

Ich war allzu müde, um neugierig zu sein. Ich legte mich aufs Bett und schloß meine Augen. Dennoch kam es unwiderstehlich: «Was ist so Grauenhaftes am Donnerstag?»

«Nichts. Nur daß ich mich nie dran erinnern kann, wenn es soweit ist. Donnerstag muß ich nämlich den Achtuhrfünfundvierziger kriegen. Die sind so genau mit den Besuchsstunden, daß man, wenn man um zehn dort ist, nur noch eine Stunde Zeit hat, ehe die armen Kerle Mittag essen. Stellen Sie sich vor: Mittagessen um elf. Man *kann* auch um zwei kommen, und das würde ich viel lieber, aber er mag es mehr, wenn ich morgens komme, er sagt, daß es ihm für den Rest des Tages auf die Beine hilft. Ich muß ganz einfach wachbleiben», sagte sie und kniff sich in die Wangen, bis die Rosen kamen, «zum Schlafen ist keine Zeit mehr, ich würde schwindsüchtig aussehen, ich würde zusammensacken wie eine Mietskaserne, und das wäre nicht anständig – ein Mädchen kann nicht grün im Gesicht nach Sing-Sing gehen.»

«Ich vermute, nein.» Der Zorn, den ich wegen meiner Geschichte über sie empfunden, verebbte. Sie hatte mich wieder ganz eingefangen.

«Alle Besucher geben sich Mühe, so gut wie möglich auszusehen, und es ist sehr rührend, ist verteufelt süß, wie da die Frauen von allem das Hübscheste tragen, ich meine auch die alten und die wirklich armen, die machen die goldigsten Anstrengungen, nett auszusehen und auch nett zu riechen, und ich habe sie richtig lieb deswegen. Lieb habe ich auch die Kinder, besonders die farbigen. Ich meine die Kinder, die die Frauen mitbringen. Es müßte eigentlich traurig sein, die Kinder dort zu sehen, aber das ist es nicht. Sie haben Bänder in den Haaren und auf Hochglanz gewichste Schuhe, daß man richtig denkt, nun müßte es Eiskrem geben. Und manchmal ist das auch so im Besuchszimmer, ganz wie bei einer Gesellschaft. Jedenfalls ist es nicht wie im Kino – Sie wissen, dies schauderhafte Geflüster durch ein Gitter. Gitter gibt es nicht, nur eine Art Ladentisch ist zwischen denen und uns, und die Kinder können da drauf stehen, damit sie umarmt werden können, und wenn man einem einen Kuß geben will, braucht man nichts weiter zu tun, als sich 'rüberzubeugen. Am meisten mag ich, daß sie so glücklich sind, einander zu sehen. Sie haben sich so vieles aufgehoben, worüber sie reden wollten, es ist gar nicht möglich, trübsinnig zu sein, sie lachen unentwegt und halten sich bei den Händen. Anders ist es dann hinterher», sagte sie. «Ich sehe sie im Zug. Sie sitzen so stumm und sehen den Fluß vorüberziehen.» Sie zog eine Strähne ihres Haars zum Mundwinkel und knabberte gedankenverloren darauf herum. «Ich halte Sie wach. Schlafen Sie doch.»

«Bitte. Es interessiert mich.»

«Das weiß ich. Deswegen will ich ja, daß Sie schlafen sollen. Denn wenn ich so weiterrede, erzähle ich Ihnen von Sally. Ich bin nicht ganz sicher, ob das den Spielregeln entspräche.» Sie kaute stumm auf ihrem Haar. «*Gesagt* hat mir nie jemand, daß ich es keinem erzählen dürfte. Nicht ausdrücklich. Und es ist schon ulkig. Vielleicht könnten Sie's in einer Geschichte anbringen mit anderen Namen und so. Hören Sie zu, Fred», sagte sie und griff sich noch einen Apfel, «Hand aufs Herz und den Ellbogen küssen –»

Schlangenmenschen können vielleicht ihren Ellbogen küssen, sie mußte sich mit einem annähernden Resultat zufriedengeben.

«Also», sagte sie, den Mund voll Apfel, «Sie mögen von ihm in der Zeitung gelesen haben. Sein Name ist Sally Tomato, und ich spreche besser jiddisch als er englisch: aber er ist ein geliebter alter Mann, schrecklich fromm. Er würde wie ein Mönch aussehen, hätte er nicht die Goldzähne; er sagt, er bete für mich jeden Abend. Gehabt habe ich natürlich nie was mit ihm; ja, was das betrifft, so kannte ich ihn überhaupt noch gar nicht, ehe er im Gefängnis saß. Aber jetzt liebe ich ihn zärtlich, schließlich habe ich ihn nun bereits seit sieben Monaten jeden Donnerstag besucht, und ich glaube, ich würde es tun, selbst wenn er mir nichts zahlte. Der ist faulig», sagte sie und warf den Rest des Apfels zielsicher aus dem Fenster. «Übrigens kannte ich Sally doch schon vom Sehen. Er kam immer zu Joe Bell, das Lokal um die Ecke – nie hat er mit jemand geredet, stand bloß 'rum wie einer, der im Gasthaus wohnt. Ulkig aber, wenn man zurückdenkt, wie genau er mich beobachtet haben muß, denn nämlich gleich nachdem sie ihn eingebuchtet hatten (Joe Bell zeigte mir sein Bild in der Zeitung. Schwarze Hand – Mafia – lauter solch Hokuspokus – aber sie gaben ihm fünf Jahre), kam doch dies Telegramm von einem Anwalt. Da hieß es, daß ich mich sofort mit ihm in Verbindung setzen sollte wegen einer für mich vorteilhaften Nachricht.»

«Sie glaubten, es hätte Ihnen einer eine Million hinterlassen?»

«Ach wo. Ich dachte eher, Bergdorf wollte auf die Art versuchen, seine letzte Kleiderrechnung zu kassieren. Aber ich riskierte es und ging zu diesem Anwalt (wenn er überhaupt ein Anwalt ist, was ich bezweifle, weil er gar kein Büro zu haben scheint, nur einen Telephondienst, und immer verabredet er sich mit einem im Lokal – deswegen ist er wohl auch so fett, er kann zehn Hamburger Fleischklopse essen, zwei Schüsseln Mixpickles dazu und eine ganze Baisertorte mit Zitronenschaum). Er fragte mich, ob ich wohl gerne einen einsamen alten Mann ein wenig aufheitern und dabei gleichzeitig hundert in der Woche einstecken möchte. Ich sagte, Herzchen, da haben Sie die falsche Miss Goligthly erwischt, ich bin keine Krankenschwester, die sich nebenher auf allerlei Tricks versteht. Vom Honorar war ich ebensowenig beeindruckt, so viel kriegt man auch zusammen mit Pudern gehen – jeder Gent mit ein bißchen Lebensart wird einem fünfzig geben, wenn man Für Damen will, und ich frage immer noch um Fahrgeld, das macht nochmal fünfzig. Aber dann erzählte er mir, daß sein Klient Sally Tomato sei. Er sagte, der liebe alte Sally habe mich schon längst *à la distance* bewundert, und ob es denn da nicht eine gute Tat sei, wenn ich ihn einmal in der Woche besuchen würde. Na, da konnte ich nicht nein sagen – es war zu romantisch.»

«Ich weiß nicht. Da stimmt irgendwas nicht.»

Sie lächelte. «Sie meinen, daß ich schwindle?»

«Erstens kann man doch nicht einfach irgend jemanden einen Gefangenen besuchen lassen.»

«Ach, das machen sie ja auch nicht. Tatsache, daß sie ein höchst lästiges Trara drum angestellt haben. Ich bin angeblich seine Nichte.»

«Und so einfach ist das dann? Für eine Stunde Unterhaltung gibt er Ihnen hundert Dollar?»

«Er nicht, der Anwalt. Mr. O'Shaughnessy schickt sie mir in bar, sobald ich den Wetterbericht abgegeben habe.»

«Ich glaube, Sie können da in allerhand Unannehmlichkeiten hineingeraten», sagte ich und knipste die Lampe aus; es bestand keine Notwendigkeit mehr dafür, der Morgen lag im Zimmer und Tauben gurrten auf der Feuertreppe.

«Wie?» fragte sie ernsthaft.

«Es muß da etwas geben in den Gesetzbüchern über falsche Personenangabe. Schließlich *sind* Sie doch nicht seine Nichte. Und was ist das mit diesem Wetterbericht?»

Sie tappte mit der Hand gegen ihren gähnenden Mund. «Aber gar nichts weiter. Nur Botschaften, die ich bei seinem Telephondienst hinterlasse, damit Mr. O'Shaughnessy draus sicher weiß, daß ich dort gewesen bin. Sally sagt mir, was ich bestellen soll, so was wie, ach, ‹ein Hurrikan zieht über Cuba› und ‹in Palermo schneit es›. Regen Sie sich nicht auf, Herzchen», sagte sie und kam auf das Bett zu, «ich habe schon lange genug für mich selber sorgen müssen.» Das Morgenlicht schien sich in ihr zu brechen; als sie mir die Bettdecke bis zum Kinn hochzog, schimmerte sie durchsichtig hell wie ein Kind; dann legte sie sich neben mich. «Stört es Sie? Ich möchte mich nur einen Moment ausruhen. Sagen wir also jetzt kein Wort mehr. Schlafen Sie.»

Ich tat wenigstens so, machte mein Atmen tief und gleichmäßig. Die Glocken im Turm der Kirche nebenan schlugen halb und voll. Es war sechs, als sie ihre Hand auf meinen Arm legte, eine zarte Berührung, besorgt, mich nicht zu wecken. «Armer Fred», flüsterte sie, und es schien, als spräche sie zu mir, aber sie meinte mich nicht. «Wo bist du, Fred? Weil es so kalt ist. Der Wind ist voll Schnee.» Ihre Wange legte sich gegen meine Schulter, ein warmes, feuchtes Gewicht.

«Warum weinen Sie?»

Sie fuhr zurück, setzte sich auf. «Zum Himmeldonnerwetter», sagte sie und begab sich zum Fenster und der Feuertreppe, «Spioniererei kann ich nicht ausstehen.»

Am nächsten Tag, Freitag, fand ich beim Nachhausekommen vor meiner Tür einen luxuriösen Delikateßkorb mit ihrer Karte: Miss Holiday Goligthly, Auf Reisen, und auf der Rückseite in einer ungewöhnlich mühseligen Kindergartenhandschrift: «Alles Gute, liebster Fred. Gestern abend bitte entschuldigen. Sie waren durchweg ein Engel. *Mille tendresse* – Holly. P.S. Werde Sie nicht wieder stören.» Ich erwiderte «Bitte doch» und tat den Zettel an ihre Tür zusammen mit dem, was ich mir leisten konnte, einem Veilchensträußchen vom Straßenhändler. Doch allem Anschein nach meinte sie wirklich, was sie gesagt hatte: weder sah noch hörte ich von ihr, und ich entnahm dem, daß sie so weit gegangen sein mußte, sich einen Haustürschlüssel zu besorgen. Jedenfalls klingelte sie nicht mehr bei mir. Ich vermißte das, und als die Tage dahinschwanden, begann ich ihr gegenüber eine gewisse weithergeholte Gekränktheit zu empfinden, als würde ich von meinem engsten Freund vernachlässigt. Eine beunruhigende Verlassenheit überkam mein Leben, doch rief dies kein hungriges Verlangen nach Freunden aus längerer Bekanntschaft hervor – sie wirkten jetzt auf mich wie eine salzfreie, zuckerlose Diät. Am Mittwoch waren meine Gedanken so ununterbrochen bei Holly, Sing-Sing und Sally Tomato, bei einer Welt, in der Männer fünfzig Dollar für einmal auf die To gehen 'rausrücken, daß ich nicht arbeiten konnte. An jenem Abend ließ ich eine Nachricht in ihrem Briefkasten: «Morgen ist Donnerstag.» Der nächste Morgen belohnte mich mit einem zweiten Brief in Kinderkrakelschrift: «Gott segne Sie, daß Sie mich erinnert haben. Können Sie heute abend gegen sechs auf einen Drink vorbeikommen?»

Ich wartete bis zehn nach sechs und ließ es mich dann noch weitere fünf Minuten aufschieben.

Ein Wesen machte die Tür auf. Es roch nach Zigarren und Eau de Cologne. Seine Schuhe paradierten mit verstärkten Absätzen. Ohne diese zusätzlichen Zentimeter hätte man ihn für einen Gnom halten können. Sein fleckiger Glatzkopf war zwerghaft groß – daran hingen ein Paar spitzzulaufende, wahrhaft koboldartige Ohren. Augen hatte er wie ein Pekinese, fühllos und leicht vorstehend. Haarbüschel entsprossen seinen Ohren, seiner Nase; seine Backen waren grau vom nachmittäglichen Bartwuchs und sein Händedruck beinah pelzig.

«Die Kleine duscht», sagte er, indem er mit der Zigarre in Richtung auf ein Wasserrauschen nebenan deutete. Das Zimmer, in dem wir standen (standen, weil nichts da war, worauf man sich setzen konnte), wirkte, als sei eben erst eingezogen worden, man erwartete, die nasse Farbe noch zu riechen. Koffer und unausgepackte Kisten bildeten das einzige Meublement. Die Kisten dienten als Tische, eine als Untersatz für das Mixen von Martini, eine andere für eine Lampe, ein Kofferradio, Hollys roten Kater und eine Vase mit gelben Rosen, Bücherregale, die eine Wand bedeckten, protzten mit einem halben Fach voll Literatur. Ich erwärmte mich sofort für diesen Raum, mir gefiel sein zu nächtlicher Flucht bereites Aussehen.

Der Mann räusperte sich. «Werden erwartet?»

Er fand mein Nicken unklar. Seine kalten Augen operierten an mir herum, machten saubere Untersuchungsschnitte. «Es kommen eine Menge Leute her, die werden nicht erwartet. Sie kennen die Kleine schon lange?»

«Nicht sehr.»

«Sie kennen also die Kleine noch gar nicht lange?»

«Ich wohne oben.»

Die Antwort schien genügend zu erklären, um ihn milder zu stimmen. «Ist das die gleiche Anlage bei Ihnen?»

«Viel enger.»

Er schnippte Asche auf den Fußboden. «Eine Abstellkammer ist das hier. Es ist unglaublich. Aber die Kleine versteht nicht zu leben, selbst wenn sie Kies genug hat.» Seine Sprechweise war metallisch abgehackt, wie ein Fernschreiber. «Also», sagte er, «was meinen Sie: ist sie nun oder ist sie nicht?»

«Ist sie was?»

«Eine Schwindlerin.»

«Das hätte ich nie gedacht.»

«Sie irren sich. Die ist eine Schwindlerin. Doch auf der anderen Seite wieder haben Sie recht. Sie ist keine Schwindlerin, weil sie wirklich so ist. Sie glaubt all den Blödsinn, den sie glaubt. Man kann ihr nichts davon ausreden. Mit strömenden Tränen habe ich es versucht. Benny Polan, hochgeachtet allerwärts, Benny Polan hat es versucht. Benny hatte es sich in den Kopf gesetzt, sie zu heiraten, sie ging nicht darauf ein, Benny gab vielleicht Tausende aus, mit denen er sie zu Hirnputzern schickte. Selbst den berühmten, den, der nur deutsch spricht, Junge, selbst den hat er mit in den Ring geworfen. Man kann sie ihr nicht ausreden, diese —» er machte eine Faust, als zerdrücke er etwas Ungreifbares — »Ideen. Versuchen Sie es einmal. Kriegen Sie sie dazu, Ihnen etwas von dem Zeug zu erzählen, das sie glaubt. Wissen Sie», sagte er, «ich mag die Kleine ja gern. Jeder mag sie, aber es gibt auch 'ne Menge, die's nicht tun. Ich tu's. Ich mag die Kleine ehrlich gern. Ich bin empfindsam, daher. Man muß empfindsam sein, um sie schätzen zu können – ein bißchen was von einem Dichter. Aber ich will Ihnen mal die Wahrheit sagen. Sie können sich um ihretwillen Ihr Hirn in Stücke schlagen, und sie wird Ihnen Pferdemist auf einer Schüssel retour geben. Um nur ein Beispiel zu geben: was für eine sie ist, wenn Sie sie sich heute so ansehen? Ganz genau das Mädchen, von dem man lesen wird, daß sie 'ne ganze Packung Seconaltabletten bis zum Grunde geschafft hat. So was hab' ich passieren sehen, öfter als Sie Zehen an den Füßen haben – und diese Mädchen, die waren noch nicht mal verrückt. Und sie ist verrückt.»

«Aber jung. Und hat noch einen guten Teil Jugend vor sich.»

«Wenn Sie meinen: Zukunft, da irren Sie sich wieder. Also vor ein paar Jahren, drüben in Kalifornien, da gab's eine Zeit, wo es anders hätte sein können. Da hatte sie was, was für sie sprach, da war man an ihr interessiert, da hätte sie Karriere machen können. Aber wenn man einmal so einer Sache den Rücken dreht, gibt's kein Umkehren. Fragen Sie Luise Rainer. Und die Rainer war ein Star. Sicherlich, Holly war kein Star; sie ist nie aus der Statisterie 'rausgekommen. Aber das war vor der *Geschichte des Dr. Wassell.* Damals hätte sie's wirklich zu was bringen können. Ich weiß es nämlich, weil ich der Kerl war, der ihr den Anstoß gab.» Er deutete mit der Zigarre auf sich selbst. «O. J. Berman.»

Er erwartete Erkennen, und mir machte es nichts aus, ihm den Gefallen zu tun, von mir aus, nur hatte ich nie von O. J. Berman gehört. Es stellte sich heraus, daß er Agent in Hollywood war.

«Ich bin der erste, der sie gesehen hat. Draußen in Santa Anita. Jeden Tag lungert sie da in der Gegend 'rum. Ich bin interessiert – beruflich. Ich finde 'raus, daß sie irgendeinem seine Fahrplanmäßige ist, sie lebt mit dem Stück Dreck. Ich laß dem sagen, er soll Schluß machen, wenn er nicht 'ne Unterhaltung mit den Jungens von der Sitte haben will – die Kleine war nämlich fünfzehn. Aber Stil hatte sie – die war in Ordnung, die kommt an. Selbst wenn sie soo dicke Gläser trägt – selbst wenn sie den Mund aufmacht und man weiß nicht, stammt sie von den Bergen oder aus Oklahoma oder sonstwoher. Und ich weiß es bis heute nicht. Ich vermute, es wird's nie einer wissen, wo sie her ist. Sie ist eine so gottverdammte Schwindlerin, daß sie es wahrscheinlich selber nicht mehr weiß. Aber wir haben ein Jahr gebraucht, um diesen Dialekt abzuschleifen. Wie wir's schließlich fertigbrachten? – wir gaben ihr französischen Unterricht – nachdem sie Französisch nachsprechen konnte, dauerte es nicht mehr lange, bis sie auch Englisch imitierte. Wir modelten sie zurecht nach dem Typ der Margaret Sullavan, aber die konnte sie noch mit ihren eigenen Kurven schlagen, Leute interessieren sich, von denen oben, und um allem die Krone aufzusetzen: Benny Polan, sehr geachteter Bursche, Benny will sie heiraten. Kann ein Agent mehr verlangen? Da bums! die ‹Geschichte des Dr. Wassell›. Den Film gesehen? Cecil B. DeMille. Gary Cooper. Mein Gott: ich bring mich um, alles ist abgemacht – sie wollen Probeaufnahmen von ihr für die Rolle von Dr. Wassells Krankenschwester machen. Eine von seinen Schwestern, schön – aber immerhin. Dann bums! klingelt das Telephon.» Er griff in die Luft nach einem Telephon und hielt es sich gegen sein Ohr. «Sie sagt, hier ist Holly, ich sage Süße, du klingst so weit weg, sagt sie, ich bin in New York, sage ich, was zum Teufel machst du in New York, wenn doch Sonntag ist und sie morgen die Probeaufnahmen machen? Sie sagt ich bin in New York, weil ich noch nie in New York gewesen bin. Ich sage jetzt setz aber deinen Hintern in ein Flugzeug und komm zurück, sagt sie, das möcht' ich nicht. Ich sage worauf willst du 'raus, Puppe? Sie sagt man muß selber gut sein wollen und ich will's ja gar nicht, ich sage schön, was zum Teufel willst du also und sie sagt, wenn ich das 'rausgefunden habe kriegst du's als erster zu wissen. Verstehen Sie nun, was ich meine: Pferdemist auf einer Schüssel.»

Der rote Kater sprang aus dem Korb und rieb sich an seinem Bein. Er hob die Katze mit der Spitze seines Schuhes und schleuderte sie fort, was ekelhaft von ihm war, nur schien er von der Katze gar nichts zu merken, sondern nur seine eigene Gereiztheit.

«Das hier sollte sie wollen?» sagte er und warf beide Arme zur Seite. «Eine Menge Leute, die gar nicht erwartet sind? Von zugesteckten Trinkgeldern leben. Mit Taugenichtsen 'rumlaufen. Vielleicht möchte sie nun gar Rusty Trawler heiraten? Soll man ihr etwa dafür eine Medaille anstecken?»

Er wartete, funkelnden Auges.

«Bedaure, den kenne ich nicht.»

«Sie kennen Rusty Trawler nicht? Können Sie auch nicht viel über die Kleine wissen. Ein übler Handel», sagte er und die Zunge schnalzte in seinem Riesenschädel. «Ich hoffte, Sie hätten möglicherweise etwas Einfluß. Könnten alles gradebiegen bei der Kleinen, eh's zu spät ist.»

«Aber Ihren Reden zufolge ist es das doch bereits.»

Er blies einen Rauchring, ließ ihn verwehen, ehe er lächelte; das Lächeln änderte sein Gesicht, dem etwas Sänftigendes geschah. «Ich könnte nochmal einen Anstoß geben. Wie ich schon sagte», wiederholte er und jetzt klang es echt, «ich mag die Kleine ehrlich gern.»

«Was für Skandalgeschichten verbreitest du, O. J.?» Holly platschte in den Raum, mehr oder weniger in ein Handtuch gewickelt, und ihre nassen Füße hinterließen triefende Spuren auf dem Boden.

«Nur das Übliche. Daß du einen Klaps hast.»

«Fred weiß das bereits.»

«Aber du nicht.»

«Bitte 'ne brennende Zigarette, Herzchen», sagte sie, ihre Badekappe herunterreißend, und schüttelte ihr Haar. «Dich meine ich nicht, O. J. Du bist ein solcher Schlabber. Immer hast du Negerlippen.»

Sie schöpfte den Kater hoch und schwang ihn sich auf die Schulter. Er hockte da in der Schwebe wie ein Vogel, seine Pfoten verwirrten sich in ihrem Haar, als sei es Strickgarn, und dennoch war er, ungeachtet seiner liebenswürdigen Possen, ein mürrisches Tier mit einer Halsabschneidervisage, das eine Auge klebrig-blind, das andere funkelte von finstern Taten.

«O. J. ist ein alter Schlabber», wiederholte sie zu mir und nahm die Zigarette, die ich ihr angezündet hatte, «aber er kennt eine entsetzliche Menge Telephonnummern. Wie ist David O. Selzniks Nummer, O. J.?»

«Laß das.»

«Das ist kein Spaß, Herzchen. Ich möchte, daß du ihn anrufst und ihm sagst, was für ein Genie der Fred ist. Er hat ganze Haufen einfach wunderbarer Geschichten geschrieben. Sie brauchen gar nicht rot zu werden, Fred, Sie haben ja nichts davon gesagt, daß Sie ein Genie wären, sondern ich. Los, O. J. Was gedenkst du zu tun, um Fred reich zu machen?»

«Wie wäre es, wenn du mich das mit Fred allein ausmachen ließest?»

«Vergiß nicht», sagte sie im Davongehen, «ich bin seine Agentin. Noch was: wenn ich rufe, kommst du und zippst mir den Reißverschluß hoch. Und wenn jemand klopft, laßt ihr sie ein.»

Ein ganzer Haufen tat es. Innerhalb der nächsten Viertelstunde hatte eine Herrengesellschaft die Wohnung übernommen, einige davon in Uniform. Ich zählte zwei Marineoffiziere und einen Luftwaffenoberst, doch wurden sie an Zahl von ergrauten Ankömmlingen übertroffen, die über das Einberufungsalter hinaus waren. Bis auf den Mangel an Jugend hatten die Gäste nichts miteinander gemein, sie schienen Fremde unter Fremden, tatsächlich hatte jedes Gesicht beim Eintritt sich schwer bemüht, die Bestürzung darüber, auch andere dort zu sehen, zu verbergen. Es war, als habe die Gastgeberin ihre Einladungen verstreut, während sie kreuz und quer durch verschiedene Bars zog, was wahrscheinlich der Fall war. Nach dem anfänglichen Stirnrunzeln verkehrten sie indessen miteinander ohne zu murren, vor allem O. J. Berman, der begierig die neue Gesellschaft ausnutzte, um eine Erörterung über meine Hollywood-Zukunft zu vermeiden. Ich wurde allein bei den Regalen zurückgelassen, von den Büchern dort waren die Hälfte über Pferde, der Rest Baseball. Interesse an *Pferdemuskulatur und ihre Beurteilung* vorschützend, hatte ich Gelegenheit genug, still für mich Hollys Freunde auseinanderzusortieren.

Plötzlich trat einer von ihnen deutlich hervor. Es war ein ältliches Kind, das sein Babyfett bisher noch nicht abgelegt hatte, wenngleich es irgendeinem begabten Schneider nahezu gelungen war, sein dickes, zum Verprügeln einladendes Hinterteil zu tarnen. Da war nicht eine Ahnung von Knochen in seinem Körper; sein Gesicht, eine Null, ausgefüllt mit niedlichen Miniaturzügen, hatte etwas Unverbrauchtes, Jungfräuliches – es war, als sei er geboren und dann aufgequollen, wobei seine Haut glatt blieb wie ein aufgeblasener Luftballon, und sein Mund, obgleich bereit zum

Aufbrausen und zu schlechter Laune, ein verwöhntes Kinderschnutchen. Aber es war nicht seine Erscheinung, die ihn heraushob; konservierte Babies sind nicht derart selten. Es war eher sein Benehmen, denn er führte sich auf, als sei dies *seine* Gesellschaft – wie ein tatkräftiger Oktopus mixte er Martinis, stellte Leute einander vor und bediente den Plattenspieler. Ehrlich gesagt, seine Betriebsamkeit war zumeist von der Gastgeberin selbst diktiert: «Rusty, würdest du wohl; Rusty, könntest du bitte.» Wenn er in sie verliebt war, so hatte er offensichtlich seine Eifersucht gut im Zaume. Ein eifersüchtiger Mensch hätte wohl seine Beherrschung verlieren können, wenn er beobachtete, wie sie im Zimmer einherstreifte, in der einen Hand die Katze, die andere jedoch frei, um hier eine Krawatte zu richten oder Schuppen von einem Revers zu bürsten; der Luftwaffenoberst trug einen Orden, der sein Gutteil an Herumpoliererei abbekam.

Der Name des Mannes war Rutherford («Rusty») Trawler. 1908 hatte er beide Eltern verloren, seinen Vater als Opfer eines Anarchisten und die Mutter am Schock, welch doppeltes Unglück aus Rusty eine Waise, einen Millionär und eine Berühmtheit gemacht hatte, alles im Alter von fünf Jahren. Seitdem war er ständiger Füller aller Sonntagsbeilagen, eine Folgeerscheinung, deren Triebkraft zugenommen hatte, seit er, noch als Schuljunge, seinen Paten-Vormund unter Anklage der Sodomie hatte verhaften lassen. Danach hielten ihm Heirat und Scheidung seinen Platz an der Sonne der Illustrierten. Seine erste Frau hatte sich selbst und ihre Unterhaltsgelder zu einem Rivalen von Father Divine getragen. Die zweite Frau schien nicht näher erklärt, aber die dritte hatte ihn im Staate New York, dank einer ganzen Mappe voll verfänglichen Beweismaterials, vor Gericht gebracht. Er selber ließ sich von der letzten Mrs. Trawler scheiden, wobei sein hauptsächlicher Anklagepunkt anführte, daß sie eine Meuterei auf seiner Jacht angezettelt habe, welch selbige Meuterei darin endete, daß man ihn auf den Dry Tortugas nördlich Haiti aussetzte. Wenngleich er seit damals Junggeselle geblieben, hatte er anscheinend vor dem Kriege um Unity Mitford angehalten, jedenfalls sollte er ihr ein Telegramm mit dem Angebot geschickt haben, sie zu heiraten, falls Hitler es nicht täte. Dies galt als Grund dafür, daß Winchell in seiner Gesellschaftsklatschspalte von ihm immer als «dem Nazi» sprach, dies und die Tatsache, daß er an Massenversammlungen in Yorkville teilnahm.

Diese Dinge wurden mir nicht erzählt. Ich las sie im *Baseball-Führer*, meiner nächsten Auswahl aus Hollys Bücherbord, den sie als Zettelkasten zu benutzen schien. Zwischen die Seiten gelegt fand ich Artikel aus den Sonntagsbeilagen zusammen mit Ausschnitten aus den Klatschspalten. *Rusty Trawler und Holly Golightly Arm in Arm bei der Premiere von «Fast eine Venus!»* Holly tauchte hinter mir auf und erwischte mich, als ich gerade las: *Miss Holiday Golightly, von den Bostoner Golightlys, macht dem vierundzwanzigkarätigen Rusty Trawler jeden Tag zum Feiertag.*

«Bewundern Sie meine öffentliche Beliebtheit oder sind Sie nur ein Baseball-Fanatiker?» fragte sie und rückte ihre dunkle Brille zurecht, während sie mir über die Schulter schaute.

Ich sagte: «Wie war der Wetterbericht dieser Woche?»

Sie blinzelte mir zu, aber nicht spaßhaft – ein warnendes Blinzeln: «Auf Pferde bin ich verrückt, aber ich hasse Baseball», sagte sie, und die Botschaft im Unterton ihrer Stimme besagte, daß sie wünschte, ich möge vergessen, daß sie jemals Sally Tomato erwähnt hatte. «Allein schon den Klang davon am Radio hasse ich; aber ich muß zuhören, das ist ein Teil meiner Bildung. Es gibt so wenig, worüber Männer sich unterhalten können. Wenn ein Mann sich aus Baseball nichts macht, dann muß er Pferde lieben, und wenn er keines von beiden mag, bin ich ohnehin in Schwierigkeiten – dann macht er sich nichts aus Mädchen. Und wie kommen Sie mit O. J. zurecht?»

«Wir haben uns im gegenseitigen Einverständnis getrennt.»

«Er ist eine Gelegenheit, glauben Sie mir das.»

«Ich glaube es Ihnen. Was aber habe ich zu bieten, das ihm als Gelegenheit auffallen würde?»

Sie gab nicht nach. «Gehen Sie zu ihm 'rüber und geben Sie ihm das Gefühl, daß er gar nicht so komisch aussieht. Er kann Ihnen wirklich helfen.»

«Ich erfuhr, daß Sie derlei gar nicht übermäßig schätzen.» Sie schien nicht zu begreifen, bis ich sagte: «*Die Geschichte des Dr. Wassell!*»

«Immer noch die alte Leier?» sagte sie und warf quer durch das Zimmer einen liebevollen Blick auf Berman. «Aber er trifft damit genau den Punkt: ich sollte mich schuldig fühlen. Nicht weil sie mir die Rolle gegeben hätten oder weil ich gut gewesen wäre – sie würden nicht und ich würde nicht. Wenn ich mich schuldig fühle, dann ist es wohl deswegen, weil ich ihn weiter Luftschlösser bauen ließ, als ich schon gar nicht mehr daran dachte. Ich suchte nur Zeit herauszuschlagen, um noch an meiner Persönlichkeit ein paar Verbesserungen vorzunehmen – ich war mir verdammt klar darüber, daß ich niemals ein Filmstar werden würde. Das ist allzu schwierig, und wenn man intelligent ist, ist es heikel. Meine Komplexe sind nicht tiefgelagert genug – Filmstar zu sein und ein dickes fettes *Ich* zu besitzen, das soll angeblich Hand in Hand gehen; in Wirklichkeit ist es grundlegend wichtig, überhaupt kein *Ich* zu haben. Ich meine nicht, daß ich etwas dagegen hätte, reich und berühmt zu sein. Das liegt ganz auf meiner Linie, und eines Tages werde ich mich bemühen, es dahin zu bringen; aber wenn das geschieht, hätte ich gerne mein Ich noch an mir dranhängen. Ich möchte immer noch ich selber sein, wenn ich eines schönen Morgens in einem seidnen Himmelbett bei Tiffany aufwache, wo man mir mein Frühstück kredenzt. Sie brauchen ein Glas», sagte sie, meine leeren Hände bemerkend. «Rusty! Willst du meinem Freund bitte einen Drink bringen?»

Sie hielt noch immer den Kater im Arm. «Armes Mistvieh», sagte sie und kraulte ihn am Kopf, «armes Mistvieh ohne Namen. Es ist ein bißchen unpraktisch, daß er keinen Namen hat. Aber ich habe kein Recht dazu, ihm einen zu geben – er muß warten, bis er jemandem wirklich gehört. Wir beide haben uns nur eben mal eines Tages nicht weit vom Fluß miteinander eingelassen, wir gehören aber nicht zusammen – er ist unabhängig und ich ebenso. Ich möchte nichts in Besitz nehmen, ehe ich nicht die Stelle gefunden habe, wo ich und mein Besitz gemeinsam hingehören. Ich bin bisher noch nicht so recht sicher, wo das sein könnte. Aber ich weiß, wie es aussehen müßte.» Sie lächelte und ließ den Kater auf den Boden fallen. «Ganz wie bei Tiffany», sagte sie. «Nicht daß ich mir einen Dreck aus Schmuck machte. Brillanten, nun ja. Aber es ist geschmacklos, Brillanten zu tragen, ehe man vierzig ist; und selbst dann ist es noch riskant. Richtig gut sehen sie nur bei ganz Alten aus – wie Maria Uspenskaya. Runzeln und Knochen, weiße Haare und Brillanten – ich kann's kaum erwarten. Aber das ist es nicht, warum ich so verrückt auf Tiffany bin. Sagen Sie – kennen Sie die Tage, wenn Sie das rote Grausen gepackt hat?»

«Ist das das gleiche wie die blaue Melancholie?»

«Nein», versetzte sie langsam. «Nein, die kriegen Sie, weil Sie dick werden, oder auch wohl, weil es zu lange regnet. Da ist man traurig, das ist alles. Aber das rote Grausen ist gräßlich. Sie fürchten sich und schwitzen wie in der Hölle, aber Sie wissen nicht, wovor Sie sich fürchten. Außer daß etwas Schlimmes geschehen wird, nur wissen Sie gar nicht, was. Haben Sie das schon mal gehabt?»

«Ziemlich oft. Manche nennen es einfach: Angst.»

«Na schön: Angst. Aber was tun Sie dagegen?»

«Tja, Trinken hilft.»

«Das habe ich versucht. Auch mit Aspirin habe ich's versucht. Rusty meint, ich solle Marihuana rauchen, und das habe ich eine Weile getan, aber da fange ich nur an zu kichern. Was mir, wie ich herausgefunden habe, am allerbesten tut, das ist: eine Taxe nehmen und zu Tiffany fahren. Das macht mich umgehend ruhig, die Stille dort und der prächtige Eindruck; nichts sonderlich Schlimmes kann einem dort passieren, nicht mit diesen liebenswürdigen Männern da in ihren feinen Anzügen und mit dem herrlichen Geruch nach Silber und Krokodillederbrieftaschen. Wenn ich im wirklichen Leben einen Ort finden könnte, der mir ein Gefühl wie Tiffany gibt, würde ich mir ein paar Möbel kaufen und dem Kater einen Namen geben. Ich habe gedacht, daß nach dem Kriege vielleicht Fred und ich –» Sie stieß ihre Brille nach oben, und ihre Augen mit ihrer verschiedenen Färbung, den grauen Tönen mit dem darübergewischten Blau und Grün, hatten eine ins Weite blickende Schärfe angenommen. «Ich bin einmal nach Mexiko gereist. Das ist ein wunderbares Land für Pferdezucht. Ich fand eine Stelle nahe am Meer. Fred versteht sich auf Pferde.»

Rusty Trawler kam mit einem Martini; er reichte ihn mir, ohne mich anzusehen. «Ich habe Hunger», verkündete er, und seine Stimme, zurückgeblieben wie alles andere an ihm, brachte ein enervierendes Kindergequäke heraus, das Holly Vorwürfe zu machen schien. «Es ist halb acht, und ich habe Hunger. Du weißt, was der Doktor gesagt hat.»

«Ja, Rusty, ich weiß, was der Doktor gesagt hat.»

«Also dann brich das hier ab. Gehen wir.»

«Ich möchte, daß du dich benimmst, Rusty.» Sie sprach sanft, aber es war eine lehrerinnenhafte Strafandrohung in ihrem Ton, die mit einer merkwürdigen Welle des Wohlgefallens, der Dankbarkeit, sein Gesicht erröten machte.

«Du liebst mich nicht», beklagte er sich, als seien sie allein.

«Ungezogenheiten liebt niemand.»

Offensichtlich hatte sie gesagt, was er zu hören wünschte; es schien ihn gleichzeitig aufzuregen und zu erleichtern. Dennoch fuhr er fort, als sei dies ein Ritual: «Liebst du mich?»

Sie tätschelte ihn. «Kümmre dich um deine Haushaltspflichten, Rusty. Und wenn ich soweit bin, gehen wir essen, wohin du willst.»

«Chinatown?»

«Aber das heißt noch nicht süßsaure Rippchen. Du weißt, was der Doktor gesagt hat.»

Während er mit zufriedenem Watscheln wieder zu seinen Pflichten zurückkehrte, konnte ich nicht widerstehen, sie daran zu erinnern, daß sie seine Frage nicht beantwortet hatte. «Lieben Sie ihn nun also?»

«Ich sagte Ihnen ja: man kann sich dazu bringen, jedermann zu lieben. Außerdem hat er eine widerliche Kindheit gehabt.»

«Wenn die so widerlich war, warum klammert er sich dann an ihr fest?»

«Brauchen Sie mal Ihren Kopf. Können Sie denn nicht sehen, daß sich Rusty einfach sicherer in seinen Windeln fühlt als in einem Damenrock? Welche Wahl es für ihn nämlich wirklich bedeuten würde, nur ist er in der Beziehung sehr empfindlich. Er hat mich mit einem Buttermesser erdolchen wollen, weil ich ihm erklärte, daß er erwachsen werden und der Angelegenheit ins Gesicht sehen solle, indem er sich häuslich niederläßt und trautes

Heim mit einem netten väterlichen Lastwagenfahrer spielt. Inzwischen habe ich ihn auf dem Halse, was ganz in Ordnung ist; er ist harmlos, er denkt buchstäblich, daß Mädchen nichts als Puppen sind.»

«Gott sei Dank.»

«Na, wenn das bei den meisten Männern stimmte, würde ich kaum Gott danken.»

«Ich meinte Gott sei Dank, daß Sie Mr. Trawler nicht heiraten werden.»

Sie zog eine Braue hoch. «Übrigens gebe ich durchaus nicht vor, etwa nicht zu wissen, daß er reich ist. Und selbst Land in Mexiko kostet etwas. Jetzt», sagte sie und bedeutete mir, voranzugehen, «wollen wir O. J. zu packen kriegen.»

Ich hielt sie zurück, während mein Hirn sich abmühte, einen Aufschub zu gewinnen. Dann fiel mir ein: «Warum *auf Reisen?*»

«Auf meiner Visitenkarte?» sagte sie, aus dem Konzept gebracht. «Finden Sie das komisch?»

«Nicht komisch. Nur aufreizend.»

Sie zuckte die Achseln. «Wie soll ich schließlich wissen, wo ich morgen leben werde? Also habe ich ihnen eben gesagt, sie sollten *Auf Reisen* draufsetzen. Jedenfalls war es eine Geldverschwendung, diese Karten zu bestellen. Nur hatte ich das Gefühl, ich schuldete es ihnen, doch ein bißchen Irgendetwas zu kaufen. Sie sind von Tiffany.» Sie griff nach meinem Martini, den ich nicht angerührt hatte, kippte ihn in zwei großen Schlukken und nahm meine Hand. »Nicht mehr länger drücken. Sie werden jetzt Freundschaft schließen mit O. J.»

Ein Vorfall an der Tür kam dazwischen. Es war eine junge Frau, die eintrat wie ein Wirbelwind, eine Bö aus Schalenden und klingelndem Gold. «H—H—Holly», stotterte sie mit dräuendem Zeigefinger im Hereinkommen, «du elender G—G—Geizkragen! M—Mußt du denn all diese hochinteressanten Männer für dich allein mit B—Beschlag belegen!»

Sie war gut über einsachtzig groß, überragte die meisten der anwesenden Männer. Die reckten die Rücken gerade und zogen ihre Bäuche ein: es gab einen allgemeinen Wettbewerb, ihrer schwankenden Höhe gleichzukommen.

Holly sagte: «Was machst du denn hier?» und ihre Lippen waren straffgespannt wie eine Saite.

«Aber g—g—gar nichts, Süßes. Ich war oben, mit Yunioshi gearbeitet. Weihnachtszeug für den *Ba—Ba—Bazar*. Aber du scheinst verärgert, Süßes?» Sie verstreute ein Lächeln in der Runde. «Ihr J—Jungens seid doch nicht böse mit mir, daß ich so in eure G—G—Gesellschaft eingebrochen bin?»

Rusty Trawler kicherte. Er quetschte ihren Arm, als wolle er ihre Muskeln bewundern, und fragte sie, ob sie einen Drink brauchen könne.

«Sicher kann ich», sagte sie. «Nehmen Sie Whisky für meinen.» Holly erklärte ihr: «Es ist keiner da.» Worauf der Luftwaffenoberst vorschlug, er wolle gehen und eine Flasche holen.

«Ach, ich sage euch, m-m-acht doch keine Umstände. Ich bin glücklich mit Salmiakgeist. Holly, Liebchen», meinte sie, und schob sie leicht beiseite, »kümmer dich nicht um mich. Ich kann mich selber bekanntmachen.» Sie beugte sich zu O. J. Berman nieder, der, wie viele kurzgeratene Männer in Gegenwart hochgewachsener Frauen, einen sehnsüchtig verschleierten Blick bekommen hatte. «Ich bin Mag W-Wildwood aus W-Wildwood, Arkansas. Lauter Berge dort.»

Es schien ein Tanz, den Berman mit allerhand kunstvollem Herumgetrippele ausführte, um seine Rivalen auszuschalten. Er verlor sie an eine Quadrille-Gruppe, die ihre gestotterten Witzeleien gierig aufpickte wie Mais, den man Tauben zugeworfen hat. Es war ein begreiflicher Erfolg. Es war ein Sieg über Häßlichkeit, oft verführerischer als wirkliche Schönheit, und sei es allein um des Paradoxes willen. In diesem Falle, genau entgegengesetzt der sorgfältigen Methode des guten Geschmacks und des erklügelten äußeren Aufputzes, war der Kniff angewandt worden, Unvollkommenheiten zu übertreiben; sie hatte sich mit ihnen geschmückt, indem sie sie tapfer zugab. Absätze, die ihre Länge unterstrichen, so steil, daß ihre Knöchel wackelten; ein flaches, enganliegendes Kleidoberteil, das deutlich zeigte, sie würde ruhig in einer Badehose an den Strand gehen können; Haar, so straff zurückgezogen, daß es die Magerkeit, das Verhungerte ihres Photo-Mannequingesichtes hervorhob. Selbst das Stottern — sicherlich echt, aber dennoch etwas dicker aufgetragen — war ausgenutzt worden. Es war das Meisterstück, dieses Stottern, denn es vermochte ihre Banalitäten irgendwie originell erscheinen zu lassen und diente überdies dazu, ungeachtet ihrer Länge, ihrer Sicherheit, in männlichen Zuhörern ein Beschützergefühl zu entfachen. Zur Illustrierung: Berman mußte auf den Rücken geklopft werden, weil sie sagte: «W-Wer kann mir sagen, w-wo die T-To ist?», worauf er den Reigen abschloß und ihr den Arm bot, um sie selbst zu führen.

«Das», sagte Holly, «wird nicht nötig sein. Sie ist schon mal hiergewesen. Sie weiß, wo es ist.» Sie war beim Ausleeren der Aschbecher, und nachdem Mag Wildwood das Zimmer verlassen hatte, kippte sie erst noch einen weiteren aus und sagte dann, eher seufzend: «Es ist doch wirklich sehr traurig.» Sie stockte lange genug, um die Anzahl der fragenden Mienen zu kalkulieren — es genügte. «Und so unbegreiflich. Man sollte meinen, es würde deutlicher zu merken sein. Aber der Himmel weiß, sie sieht ja gesund aus. So — nun ja: sauber: Das ist das Außergewöhnliche daran. Würdet ihr», erkundigte sie sich besorgt, doch nicht an einen einzelnen gewendet, «würdet ihr nicht auch sagen, daß sie sauber aussieht?»

Einer hustete, einige schluckten. Ein Marineoffizier, der Mag Wildwoods Drink gehalten hatte, setzte ihn nieder.

«Aber nun ja», sagte Holly, «ich höre von so vielen Mädchen aus dem Süden, die den gleichen Kummer haben.» Sie schauerte empfindsam und ging nach der Küche um mehr Eis.

Mag Wildwood konnte es nicht begreifen, das urplötzliche Fehlen der Wärme bei ihrer Rückkehr; die von ihr eingeleiteten Unterhaltungen benahmen sich wie frisches Holz, sie rauchten, wollten aber nicht aufflammen. Unverzeihlicher noch, die Leute gingen, ohne nach ihrer Telephonnummer zu fragen. Der Luftwaffenoberst räumte das Feld, während sie ihm den Rücken drehte, und das gab ihr den Rest — er hatte sie zum Essen eingeladen. Auf einmal war sie betrunken. Und da Gin sich zu Künstlichkeit ebenso verhält wie Tränen zu Wimperntusche, merkte man mit eins auch nichts mehr von ihren Vorzügen. Sie rächte sich an jedem einzelnen. Ihre Gastgeberin nannte sie eine Heruntergekommene aus Hollywood. Sie forderte einen Mann in den Fünfzigern zu einem Boxkampf auf. Sie erklärte Berman, Hitler habe ganz recht. Sie erfüllte Rusty Trawler mit Lust, indem sie ihn mit steifgestrecktem Arm in eine Ecke manövrierte. «Wissen Sie, was jetzt mit Ihnen passiert?» sagte sie ohne jeden Anflug von Stottern. «Ich werde Sie zum Zoo 'rüber in Marsch setzen und an den Yak verfüttern.» Er machte einen durchaus willigen Eindruck, doch enttäuschte sie ihn, indem sie zu Boden glitt und dort, vor sich hinsummend, sitzenblieb.

«Du bist eine Plage. Steh auf», sagte Holly, indem sie ihre Handschuhe glattzog. Die Übriggebliebenen der Party erwarteten sie an der Tür, und als die Plage sich nicht rührte, warf mir Holly einen entschuldigenden Blick zu. «Wollen Sie ein Engel sein, Fred, ja? Packen Sie sie in eine Taxe. Sie wohnt im Winslow.»

«Stimmt nicht. Wohne Barbizon. Telephon Regent 4-5700. Verlangen Sie Mag Wildwood.»

«Sie *sind* ein Engel, Fred.»

Sie waren fort. Die Aussicht, eine Amazone zu einer Taxe steuern zu müssen, übertönte jeden Verdruß, den ich etwa fühlen mochte. Allein sie löste das Problem höchstpersönlich. Indem sie sich aus eigenem Antrieb erhob, starrte sie mit taumeliger Großartigkeit auf mich nieder. Sie sagte: «Gehn wir ins Stork. Luftballons fangen», und fiel der Länge nach hin wie eine gefällte Eiche. Mein erster Gedanke war, nach einem Arzt zu laufen. Doch ergab eine Untersuchung tadellosen Puls und regelmäßiges Atmen. Sie schlief ganz einfach. Nachdem ich ein Kissen für ihren Kopf gefunden hatte, überließ ich sie diesem Genuß.

Am folgenden Nachmittag stieß ich mit Holly auf der Treppe zusammen. «*Sie!*» sagte sie, mit einem Päckchen von der Apotheke an mir vorüberhastend. «Nun hat sie's: am Rande einer Lungenentzündung. Einen Kater von hier bis sonstwohin. Und das rote Grausen obendrein.» Ich entnahm daraus, daß Mag Wildwood noch in ihrer Wohnung war, doch gab sie mir keine Chance, ihr überraschendes Mitleid näher zu erkunden. Über das Wochenende vertiefte sich das Rätsel. Zunächst war da der Südamerikaner, der an meiner Tür stand – versehentlich, denn er erkundigte sich nach Miss Wildwood. Es brauchte einige Zeit, diesen Irrtum aufzuklären, unsere Aussprache schien wechselseitig unklar, doch als wir es dann geschafft hatten, war ich entzückt. Er war mit Sorgfalt zusammengefügt, sein brauner Kopf und die Stierkämpfergestalt waren von einer Genauigkeit, einer Vollkommenheit wie ein Apfel, eine Orange, etwas, das die Natur genau passend geschaffen. Zur Dekoration war dann ein englischer Anzug und erfrischende Eau de Cologne beigegeben, sowie, noch weniger südamerikanisch, ein schüchternes Benehmen. Das zweite Ereignis des Tages hing wiederum mit ihm zusammen. Es war gegen Abend, und ich sah ihn, als ich zum Essen ausging. Er kam in einer Taxe angefahren, der Chauffeur half ihm beim schwankenden Hereintragen einer Kofferlast. Das gab mir etwas, an dem ich kauen konnte – bis zum Sonntag waren mir die Kiefer schon ziemlich müde.

Dann wurde das Gemälde gleichzeitig dunkler und lichter.

Sonntag war ein Altweibersommertag, die Sonne kräftig, mein Fenster offen, und ich hörte Stimmen auf der Feuertreppe. Holly und Mag saßen langgestreckt auf einer Decke, zwischen sich den Kater. Ihre frischgewaschenen Haare hingen strähnig herunter. Sie waren beschäftigt, Holly damit, sich die Zehennägel zu färben, Mag an einem Pullover strickend. Mag war dabei, zu reden.

«Wenn du mich fragst, ich finde, du hast G-Glück. Eines wenigstens spricht für Rusty. Er ist Amerikaner.»

«Na großartig!»

«*Mädchen!* Wir haben Krieg!»

«Und wenn der vorbei ist, habt ihr mich zum letztenmal gesehen – puh.»

«So empfinde ich nicht. Ich bin stolz auf mein Land. Die M-Männer in meiner Familie waren glänzende Soldaten. Es gibt ein Standbild von Vatersvater Wildwood, mitten auf dem Marktplatz in Wildwood.»

«Fred ist Soldat», sagte Holly. «Aber ich bezweifle, daß er jemals ein Standbild sein wird. Könnte sein. Es heißt, je blöder einer ist, um so tapferer. Er ist ziemlich blöde.»

«Fred ist der Bursche von oben? Ich habe gar nicht gemerkt, daß der Soldat ist. Aber aussehen tut er blöd.»

«Verlangend. Nicht blöde. Er möchte schrecklich gern in sich drin sein und nach außen schauen – jeder, der so die Nase gegen eine Scheibe preßt, ist in Gefahr, blöd auszuschauen. Auf jeden Fall ist das ein anderer Fred. Fred ist mein Bruder.»

«Du nennst dein eigen F-F-Fleisch und B-B-Blut blöde?»

«Wenn er's ist, ist er's.»

«Also, es ist geschmacklos, so etwas zu sagen. Ein Junge, der für dich und mich und uns alle kämpft.»

«Was ist das – Aufruf bei einer Massenversammlung?»

«Du sollst nur wissen, wie ich eingestellt bin. Ich verstehe Spaß, aber im Grunde genommen bin ich eine ernsthafte P-P-Person. Stolz darauf, Amerikanerin zu sein. Deshalb bedaure ich das so mit José.» Sie ließ ihre Stricknadeln sinken. «Du findest doch auch, daß er schrecklich gut aussieht, nicht wahr?» Holly sagte Hmm und fuhr mit ihrem Nagellackpinsel rasch einmal über die Barthaare des Katers. «Wenn ich mich nur an den Gedanken gewöhnen könnte, einen Brasilianer zu h-h-heiraten. Und selber dann B-B-Brasilianerin zu sein. Solch ein Abgrund, über den man 'rüber muß. Sechstausend Meilen und nicht einmal die Sprache kennen –»

«Geh zu Berlitz.»

«Warum in aller Welt sollten die P-p-portugiesisch lehren? Als ob das irgendeiner spräche. Nein, meine einzige Chance ist, daß ich versuchen muß, José die Politik vergessen zu machen und ihn Amerikaner werden zu lassen. Es ist doch für einen Mann eine derart sinnlose Sache – P-P-Präsident von *Brasilien* werden zu wollen!» Sie seufzte und nahm ihr Strickzeug wieder auf. «Ich muß wahnsinnig verliebt sein. Du hast uns ja zusammen gesehen. Findest du, daß ich wahnsinnig verliebt bin?»

«Hmm. Beißt er?»

Mag ließ eine Masche fallen. «Beißen?»

«Dich. Im Bett.»

«Also nein. Sollte er?» Dann setzte sie streng tadelnd hinzu: «Aber er lacht.»

«Gut, Das ist die richtige Einstellung. Ich mag Männer, die die Komik der Sache sehen, die meisten sind nur Gekeuche und Geschnaufe.»

Mag zog ihre Anklage zurück; sie nahm diesen Kommentar als Schmeichelei, die auf sie zurückfiel. «Ja. Ich denke.»

«Schön. Er beißt nicht. Er lacht. Was noch?»

Mag hob ihre gefallene Masche auf und begann von neuem, rechts, links, links.

«Ich fragte —»

«Ich hab's gehört. Und es ist nicht so, daß ich es dir nicht erzählen wollte. Aber es ist so schwierig, sich daran zu erinnern. Ich d-d-denke nicht immerzu an solche Sachen. Wie du anscheinend. Das geht weg aus meinem Kopf wie ein Traum. Ich bin sicher, das ist der normale Zustand.»

«Es mag normal sein, Herzchen, aber da bin ich lieber natürlich.» Holly machte eine Pause in der Tätigkeit, den Rest des Katerbarts rot anzumalen. «Hör zu. Wenn du dich nicht erinnern kannst, versuch doch mal das Licht anzulassen.»

«Bitte, versteh mich, Holly. Ich bin ein sehr, sehr moralischer Mensch.»

«Ach Quatsch. Was ist denn an einem ordentlichen Blick auf den Kerl, den du liebst, dabei? Männer sind was Hübsches, viele von ihnen sind es, José ist es, und wenn du ihn nicht einmal ansehen willst, möchte ich behaupten, daß er eine reichlich kalte Makkaronischüssel kriegt.»

«D-d-dämpfe deine Stimme.»

«Du kannst unmöglich in ihn verliebt sein. So. Ist das die Antwort auf deine Frage?»

«Nein. Weil ich k-k-keine kalte Makkaronischüssel bin. Ich bin eine warmherzige Person, das ist der Grundzug meines Charakters.»

«Schön. Du hast ein warmes Herz. Aber wenn ich ein Mann auf dem Weg ins Bett wäre, würde ich lieber eine Wärmflasche mitnehmen. Das ist doch greifbarer.»

«Du wirst von José keinerlei Klagen hören», sagte sie selbstgefällig, wobei ihre Nadeln im Sonnenschein aufblitzten. «Mehr noch: ich liebe ihn doch. Ist dir klar, daß ich zehn Paar Socken in nicht ganz drei Monaten gestrickt habe? Und das hier ist der zweite Pullover.» Sie dehnte ihn und warf ihn zur Seite. «Was soll's jedoch? Pullover in Brasilien. Ich sollte lieber T-T-Tropenhelme machen.»

Holly legte sich zurück und gähnte. «Irgendwann muß doch Winter sein.»

«Es regnet, so viel weiß ich. Hitze. Regen. D-Dschungel.»

«Hitze. Dschungel. Wirklich, da möchte ich sein.»

«Du lieber als ich.»

«Ja», sagte Holly in schläfrigem Ton, der nicht schläfrig war. «Lieber als du.»

Am Montag, als ich wegen der Frühpost hinunterging, war die Karte an Hollys Briefkasten abgeändert, eine Name hinzugefügt — Miss Golightly und Miss Wildwood waren jetzt gemeinsam Auf Reisen. Dies hätte wohl mein Interesse etwas länger festgehalten ohne jenen Brief in meinem eigenen Kasten. Er kam von einer kleinen Universitätszeitschrift, deren Redaktion ich eine Geschichte eingeschickt hatte. Sie gefiel ihnen, und wenn ich auch verstehen müsse, daß sie sich kein Honorar leisten könnten, beabsichtigten sie doch, sie zu bringen. Sie bringen — das hieß *drucken*. Vor Aufregung schwindlig ist keine bloße Phrase. Ich mußte es jemand erzählen — und, zwei Stufen auf einmal nehmend, bummerte ich an Hollys Tür.

Ich traute meiner Stimme nicht zu, die Neuigkeit zu berichten — sobald sie zur Tür kam, die Augen vom Schlafe schielend, streckte ich ihr den Brief entgegen. Es schien, als hätte sie Zeit gehabt, sechzig Seiten zu lesen, ehe sie ihn mir wieder zurückgab. «Ich würde ihnen das nicht erlauben; nicht, wenn sie Ihnen nichts zahlen wollen», sagte sie gähnend. Mein Gesicht erklärte wahrscheinlich, daß sie es falsch ausgelegt hatte, daß ich keinen Rat von ihr wollte, sondern Glückwünsche — ihr Mund wechselte vom Gähnen zum Lächeln. «Ach so. Das ist ja wunderbar. Also kommen Sie herein», sagte sie. «Machen wir uns einen Topf Kaffee und feiern. Nein. Ich werde mich anziehen und Sie zum Essen ausführen.»

Ihr Schlafzimmer war ihrem Wohnzimmer gemäß — es setzte die gleiche Zeltlager-Atmosphäre fort; Kisten und Koffer, alles gepackt und fertig zur Abreise wie die Habseligkeiten eines Verbrechers, der das Gesetz auf seinen Fersen spürt. Im Wohnzimmer waren keine üblichen Möbelstücke, aber das Schlafzimmer hatte *das* Bett an sich aufzuweisen, ein Doppelbett noch dazu, und erheblich prunkhaft – lichtes Holz und mit wattierter Seide bespannt.

Sie ließ die Tür zum Badezimmer offen und unterhielt sich von dorther; zwischen dem Gerausche und Gebürste war das meiste, was sie sagte, unverständlich, aber das Wesentliche davon war: sie *nehme an,* ich wisse, daß Mag Wildwood eingezogen sei, und sei dies nicht praktisch, denn *wenn* man schon mit jemand zusammenziehe und es sei *keine* Schwule, dann sei das Nächstbeste eine *völlige Idiotin,* was Mag *ist,* weil man ihr dann die Miete aufhalsen *und* sie mit der Wäsche schicken könne.

Man konnte sehen, daß Holly Wäscheprobleme hatte: der Raum war übersät, wie eine Mädchenturnhalle. «– und wissen Sie, daß sie als Modell recht erfolgreich ist, ist das nicht phantastisch? Aber auch gut», sagte sie und kam aus dem Badezimmer gehumpelt, weil sie ein Strumpfband festmachte. «Da sollten wir uns die meiste Zeit des Tages nicht in die Quere geraten. Und es dürfte nicht allzuviel Unannehmlichkeiten an der Männerfront geben. Sie ist verlobt. Netter Kerl obendrein. Wenngleich da ein winziger Größenunterschied besteht – dreißig Zentimeter würde ich sagen, die sie mehr hat. Wo zum Teufel –» Sie lag auf den Knien und angelte unter ihrem Bett. Nachdem sie gefunden hatte, wonach sie suchte, ein Paar Eidechsenschuhe, mußte sie nach einer Bluse suchen, einem Gürtel, und es war Stoff zum Nachdenken, wie sie, aus solchem Strandgut, am Ende den Effekt herausbrachte – verwöhnt, gelassen makellos, als hätten ihr Kleopatras Dienerinnen aufgewartet. Sie sagte: «Hören Sie», und umfing mein Kinn mit ihrer Hand, «ich freue mich wegen Ihrer Geschichte. Wirklich.»

Dieser Montag im Oktober 1943. Ein herrlicher Tag mit der Schwungkraft eines Vogels. Zum Beginn tranken wir Manhattans bei Joe Bell, und als der von meinem Glück erfuhr, gab er Champagnercocktails aus. Später spazierten wir zur Fifth Avenue, wo eine Parade stattfand. Die Flaggen im Winde, das Gebumse der Militärmusik und Soldatenfüße schienen nichts mit dem Krieg zu tun zu haben, sondern eher als Fanfare zu Ehren meiner Person arrangiert zu sein.

Wir aßen Mittag in einer Cafeteria im Park. Unter Vermeidung des Zoos (Holly sagte, sie könne es nicht ertragen, irgendwas in einem Käfig zu sehen) kicherten, rannten und sangen wir die Wege entlang auf das alte hölzerne Bootshaus zu, das heute verschwunden ist. Blätter schwammen auf dem See, am Ufer war ein Parkwärter dabei, ein Freudenfeuer aus Laub anzufachen, und der Rauch, der wie ein Indianersignal daraus aufstieg, war der einzige Schmutzfleck in der zitternden Luft. Der April hat nie viel für mich bedeutet, Herbst schien mir jene Jahreszeit des Beginns, Frühling; was ich empfand, als ich mit Holly auf dem Geländer der Bootshausveranda saß. Ich dachte an die Zukunft und sprach von der Vergangenheit. Weil Holly etwas von meiner Kindheit wissen wollte. Sie berichtete auch von der ihren; doch ging dies am Eigentlichen vorbei, war namenlos, schauplatzlos, eine impressionistische Erzählung, wenngleich die erhaltene Impression das Gegenteil von dem war, was man erwartete, denn sie gab eine fast üppige Aufzählung von Baden und Sommer, Weihnachtsbäumen, reizenden Vettern und Kusinen und Kindergesellschaften – kurzum: in einer Weise glücklich, wie sie selbst es nicht war, und bestimmt kein Hintergrund für ein Kind, das davonlief.

Oder, fragte ich, sei es nicht wahr, daß sie auf sich selbst gestellt war, seit sie vierzehn gewesen? Sie rieb sich die Nase. «Das ist wahr. Das andere nicht. Aber wirklich, Herzchen, Sie haben eine solche Tragödie aus Ihrer Kindheit gemacht, daß ich nicht das Gefühl hatte, wetteifern zu sollen.»

Sie hopste vom Geländer herunter. «Nichtsdestoweniger erinnert es mich – ich sollte eigentlich Fred etwas Erdnußbutter schikken.» Den Rest des Nachmittags waren wir im Osten und Westen, wo wir widerstrebenden Kolonialwarenhändlern Erdnußbutterbüchsen entlockten, eine Mangelware in Kriegszeiten; es dämmerte, ehe wir ein halbes Dutzend Büchsen zusammengebracht hatten, die letzte in einem Delikatessenladen auf der Third Avenue. Das war unweit des Antiquitätengeschäftes mit dem palastartigen Vogelkäfig im Schaufenster, also nahm ich sie dorthin zum Anschauen, und ihr gefiel das Wesentliche, die absonderliche Phantasie: «Aber trotzdem, es ist ein Käfig.»

Als wir bei Woolworth vorbeikamen, packte sie meinen Arm: «Stehlen wir doch mal was», sagte sie und zog mich in den Laden, wo wir im gleichen Moment in die Klemme von Blicken zu geraten schienen, als stünden wir bereits unter Verdacht. «Los. Nicht feige sein.» Sie erspähte einen Tisch, der hoch mit Pappkürbissen und Masken zum Halloween-Feiern beladen dastand. Die Verkäuferin war mit einer Schar Nonnen beschäftigt, die Masken aufprobierten. Holly nahm eine Maske und ließ sie über ihr Gesicht gleiten, sie wählte eine zweite und streifte sie über das meine; dann nahm sie mich bei der Hand, und wir gingen davon. So einfach war das. Draußen rannten wir ein paar Straßen weit, um es dramatischer zu machen, glaube ich, ebensosehr aber auch, wie ich herausfand, weil erfolgreiches Stehlen einen mit Lust erfüllt. Ich war neugierig, ob sie schon oft gestohlen hatte. «Früher viel», sagte sie. «Das heißt, ich mußte eben. Wenn ich etwas haben wollte. Aber ich tue es jetzt nur noch ab und zu, gewissermaßen um in Übung zu bleiben.»

Wir trugen die Masken auf dem ganzen Heimweg.

Ich habe eine Erinnerung, viele Tage, da und dort, mit Holly verbracht zu haben, und es stimmt, wir sahen zwischendurch eine rechte Menge voneinander, doch im ganzen betrachtet, ist die Erinnerung falsch. Weil ich gegen Ende des Monats eine Stellung fand — was bleibt dem hinzuzufügen? Je weniger, je besser, außer, daß es unumgänglich war und von neun bis fünf dauerte. Was unsern Stundenplan, Hollys und meinen, außerordentlich verschieden machte.

Wenn es nicht Donnerstag war, ihr Sing-Sing-Tag, oder wenn sie nicht im Park ausgeritten war, was sie gelegentlich tat, war Holly knapp aufgestanden, wenn ich heimkam. Manchmal hielt ich dort an und teilte ihren Aufweck-Kaffee mit ihr, während sie sich für den Abend anzog. Sie war ständig gerade beim Ausgehen, nicht immer mit Rusty Trawler, aber meistens, und meistens auch schlossen sich ihnen Mag Wildwood und der gutaussehende Brasilianer an, der José Ybarra-Jaeger hieß — seine Mutter war eine Deutsche. Als Quartett schlugen sie einen unmusikalischen Ton an, was hauptsächlich Ybarra-Jaegers Fehler war, der in ihrer Gesellschaft so deplaciert wirkte wie eine Violine in einer Jazzband. Er war intelligent, er war präsentabel, er schien ernstlich mit seiner Arbeit verbunden, die unklar etwas mit der Regierung zu tun hatte, irgendwie wichtig war und ihn einige Tage in der Woche nach Washington entführte. Wie also konnte er es Abend für Abend überleben, in La Rue, El Morocco, dem Wildwood-P-P-Plaudern zuzuhören und in Rustys Kinderpopogesicht zu blicken? Möglicherweise war er – wie die meisten von uns in einem fremden Lande – unfähig, die Menschen einzuordnen, den Rahmen für ihr Bild herauszufinden, wie er dies in der Heimat getan hätte; alle Amerikaner mußten deshalb in etwa dem gleichen Lichte betrachtet werden, und auf dieser Basis erschienen seine Gefährten als erträgliche Beispiele für Lokalkolorit und Nationalcharakter. Das würde viel erklären; Hollys Entschlossenheit erklärt den Rest.

Während ich eines Nachmittags spät auf einen Fifth-Avenue-Bus wartete, bemerkte ich eine Taxe auf der anderen Straßenseite, die hielt, um ein Mädchen aussteigen zu lassen, das die Stufen zur Bibliothek an der Zweiundzwanzigsten Straße hinauflief. Sie war schon durch die Türen, ehe ich sie erkannte, was verzeihlich ist, denn Holly und Bibliotheken waren nicht leicht in Zusammenhang zu bringen. Ich ließ mich von der Neugier zwischen den Löwen hindurchgeleiten, unterwegs überlegend, ob ich zugeben sollte, ihr gefolgt zu sein, oder aber Zufall vorschützen. Am Ende tat ich keins von beiden, sondern verbarg mich einige Tische entfernt von ihr im Lesesaal, wo sie hinter ihren dunklen Gläsern und einer Festung aus Literatur saß, die sie sich bei der Ausgabe geholt hatte. Sie hastete von einem Buch zum andern, zeitweilig über einer Seite verweilend, stets mit gerunzelter Stirn, als sei sie verkehrt herum gedruckt. Sie hielt einen Bleistift in der Schwebe über Papier – nichts schien ihre Phantasie anzusprechen, bis sie hier und da, wie vom Teufel gejagt, fleißig zu kritzeln begann. Indem ich sie beobachtete, fiel mir ein Mädchen ein, das ich in der Schule gekannt, eine Streberseele, Mildred Grossman. Mildred – mit ihrem strähnigen Haar und den speckigen Brillengläsern, ihren fleckigen Fingern, die Frösche sezierten und Kaffee zu Streikposten brachten, ihren flachliegenden Augen, die sich den Sternen nur zuwandten, um deren chemisches Gewicht abzuschätzen. Erde und Luft konnten nicht größere Gegensätze sein als Mildred und Holly, dennoch nahmen sie in meinem Kopfe die Gestalt siamesischer Zwillinge an, und der Gedankenfaden, der sie also zusammengenäht hatte, verlief so: die durchschnittliche Persönlichkeit formt sich des öfteren neu, alle paar Jahre werden selbst unsere Körper zur Gänze frisch überholt — wünschenswert oder nicht, ist es naturgegeben, daß wir uns wandeln sollen. Schön, hier waren nun zweie, die das niemals tun würden. Das ist es, was Mildred Grossman mit Holly Golightly gemein hat. Nie würden sie sich ändern, weil sie ihr Gepräge allzu früh erhalten hatten: die eine hatte sich als toplastige Realistin aufgetakelt, die andere als schiefe Romantikerin. Ich stellte sie mir in einem Restaurant der Zukunft vor, wo Mildred noch immer das Menu auf seinen Nährwert hin studierte, Holly sich voller Gier auf all und jedes davon stürzte. Es würde niemals anders sein. Sie würden durch ihr Leben wandern und davongehen mit dem gleichen entschlossenen Schritt, der jenen Klippen zur Seite nur geringe Beachtung schenkte. Solche tiefgründigen Betrachtungen ließen mich vergessen, wo ich war; ich kam zu mir, erschrocken, mich im Düster der Bibliothek zu finden, und neuerlich ganz überrascht, Holly hier zu sehen. Es war sieben vorüber, sie erneuerte ihr Lippenrot und putzte ihre äußere Erscheinung von dem, was sie als korrekt für eine Bibliothek angesehen, zu dem auf, was sie durch Hinzufügung von ein bißchen Schal, einem Paar Ohrringen als passend für das«Colony» erachtete. Nachdem sie gegangen war, wanderte ich zu ihrem Tisch hinüber, wo die Bücher liegengeblieben waren; sie waren genau das, was ich hatte sehen wollen. *Im Flugzeug über dem Süden. Abseits in Brasilien. Politisches Denken in Südamerika.* Und so weiter.

Am Weihnachtsabend gaben sie und Mag eine Party. Holly bat mich, früher zu kommen und beim Baumputzen zu helfen. Ich weiß noch immer nicht genau, wie sie diesen Baum in ihre Wohnung hineinmanövriert hatten. Die obersten Zweige waren gegen die Decke gepreßt, die unteren streckten sich von einer Wand zur andern; alles in allem war er dem Adventsmonstrum aus dem

Rockefeller Plaza nicht unähnlich. Darüber hinaus hätte es zudem einen Rockefeller gebraucht, um ihn zu schmücken, denn er saugte Kugeln und Lametta ein wie geschmolzenen Schnee. Holly schlug vor, zu Woolworth laufen und ein paar Ballons stehlen zu wollen, tat es, und diese machten aus dem Baum ein verhältnismäßig anständiges Ausstellungsstück. Wir stießen auf unser Werk an, und Holly sagte: «Schauen Sie ins Schlafzimmer. Da ist ein Geschenk für Sie.»

Ich hatte auch etwas für sie – ein kleines Päckchen in der Tasche, das sich nun sogar noch kleiner anfühlte, als ich, groß und breit auf dem Bett und mit rotem Band umwunden, den prächtigen Vogelkäfig sah.

«Aber Holly! Das ist ja fürchterlich!»

«Ehrlicher könnte ich nicht zustimmen, aber ich dachte, Sie wünschten es sich.»

«Das Geld! Dreihundertfünfzig Dollar!»

Sie zuckte die Achseln. «Ein paarmal öfter pudern gehen. Nur versprechen Sie mir eins: Versprechen Sie, nie etwas Lebendiges hineinzusetzen.»

Ich machte Miene, sie zu küssen, doch sie hielt mir die Hand entgegen. «Her damit», sagte sie, indem sie auf die ausgebauchte Stelle an meiner Tasche tippte.

«Leider ist es nicht viel», und das war es auch nicht. – Eine Christophorus-Medaille. Aber wenigstens kam sie von Tiffany.

Holly war nicht das Mädchen, das etwas behalten konnte, und sicherlich hat sie unterdes die Medaille verloren, ließ sie in einem Koffer oder einem Hotelzimmerschubfach liegen. Aber den Vogelkäfig besitze ich noch. Ich habe ihn mit mir herumgeschleppt nach New Orleans, Nantucket, durch ganz Europa, Marokko, Westindien. Dennoch erinnere ich mich nur selten daran, daß es Holly war, die ihn mir geschenkt hat, weil ich an einem bestimmten Punkt vorzog, es zu vergessen – wir hatten eine mächtige Auseinandersetzung, und zu den Objekten, die im Zentrum unseres Hurrikans herumwirbelten, gehörten der Vogelkäfig und O. J. Berman und meine Geschichte, von der ich Holly ein Exemplar gegeben hatte, als sie in der Universitätszeitschrift erschien.

Irgendwann im Februar war Holly auf Winterurlaub gegangen

mit Rusty, Mag und José Ybarra-Jaeger. Unser Wortwechsel ereignete sich kurz nach ihrer Rückkehr. Sie war braun wie Jod, ihr Haar zu geisterhafter Farbe sonnengebleicht, sie hatte eine herrliche Zeit verlebt: «Also zuerst waren wir in Key West, und Rusty kriegte eine Wut auf ein paar Matrosen oder umgekehrt, jedenfalls wird er für den Rest seines Lebens eine Rückgratstütze tragen müssen. Die liebste Mag endete ebenfalls im Hospital. Hochgradiger Sonnenbrand. Abscheulich – lauter Blasen und Citronellaschmiere. Wir konnten den Geruch von ihr nicht mehr ertragen. Daher ließen wir die beiden im Krankenhaus und gingen nach Havanna. Er sagte, ich soll warten, bis ich Rio gesehen hätte, aber was mich betrifft, setze ich glatt schon heute auf Havanna. Wir hatten einen unwiderstehlichen Führer, in der Hauptsache Neger und der Rest Chinese, und obgleich ich weder auf die einen noch die andern sonderlich fliege, war die Kombination allerhand eindrucksvoll – also ließ ich ihn mit den Knien so unterm Tisch, weil ich ihn, offen gesagt, keineswegs alltäglich fand; dann aber nahm er uns eines Abends in einen Sensationsfilm mit, und was denken Sie? Da war *er* auf der Leinwand. Als wir zurück nach Key West kamen, war Mag selbstverständlich fest überzeugt, daß ich die ganze Zeit mit José im Bett gewesen wäre. Rusty nicht minder – aber ihm macht das nichts aus, der möchte dann nur die Einzelheiten hören. Tatsächlich war die Lage reichlich gespannt, bis ich mit Mag ein vertrauliches Gespräch unter vier Augen hatte.»

Wir waren im vorderen Zimmer, wo, obgleich es nun schon fast März war, der riesige Weihnachtsbaum, braun geworden und ohne Geruch, seine Ballons eingeschrumpelt wie die Zitzen einer alten Kuh, noch immer fast allen Raum beanspruchte. Ein erkennbares Möbelstück war dem Zimmer zugefügt: ein Feldbett, und Holly, die ihr tropisches Aussehen zu bewahren suchte, lag dort langausgestreckt unter einer Höhensonne.

«Und Sie haben sie überzeugt?»

«Daß ich nicht mit José geschlafen hätte? Mein Gott, ja. Ich habe ihr ganz einfach erzählt – aber natürlich habe ich es wie ein abgerungenes Geständnis klingen lassen –, einfach erzählt, daß ich schwul sei.»

«Das kann sie doch nicht geglaubt haben.»

«Als ob nicht! Wozu meinen Sie, ist sie losgegangen und hat dies Feldbett hier gekauft? Das können Sie mir schon lassen: ich bin immer große Klasse in Schockbehandlung. Seien Sie ein Herzchen, Herzchen, reiben Sie mir den Rücken mit Öl ein.» Während ich ihr diesen Dienst leistete, sagte sie: «O. J. Berman ist zur Zeit in der Stadt, und passen Sie auf: ich habe ihm Ihre Geschichte in der Zeitschrift gegeben. Er war ganz beeindruckt. Er meint, daß es sich vielleicht lohne, Ihnen zu helfen. Aber er sagt, Sie seien auf der falschen Fährte. Neger und Kinder – wen kümmert das?»

«Mr. Berman nicht, vermutlicherweise.»

«Na, ich kann ihm nur recht geben. Ich habe die Geschichte zweimal gelesen. Gören und Nigger. Zitterndes Laub. *Beschreibung*. Es gibt keinen *Sinn*.»

Meine Hand, die Öl auf ihrer Haut verrieb, schien ihr eigenes Temperament zu haben – sie verlangte danach, sich aufzuheben und auf ihrem Hinterteil herunterzufallen. «Geben Sie mir ein Beispiel!» sagte ich ruhig. «Von etwas, das einen Sinn gibt. Ihrer Meinung nach.»

«Wutherings Heights», sagte sie ohne zu zögern.

Das Drängen in meiner Hand nahm über jede Kontrolle zu. «Aber das ist unvernünftig. Sie sprechen über das Werk eines Genies.»

«Das ist es, nicht wahr? *Meine süße wilde Chathy*. Mein Gott, eimervoll habe ich geheult. Ich hab's zweimal gesehen.»

Ich sagte «Oh» mit vernehmbarer Erleichterung, «oh» mit einem niederträchtig ansteigenden Tonfall, «den *Film*!»

Ihre Muskeln verhärteten sich, sie fühlte sich an, wie ein von der Sonne gewärmter Stein. «Jedermann muß sich irgendwem gegenüber überlegen vorkommen», sagte sie. «Im allgemeinen ist es nur üblich, dafür einen kleinen Beweis vorzubringen, ehe man sich das herausnimmt.»

«Ich vergleiche mich ja nicht mit Ihnen. Oder mit Berman. Daher kann ich mir nicht überlegen vorkommen. Wir wollen nur ganz andere Dinge.»

«Wollen Sie nicht Geld verdienen?»

«So weit habe ich noch gar nicht geplant.»

«So klingen Ihre Geschichten auch. Als hätten Sie sie geschrieben, ohne den Schluß zu kennen. Na, ich will Ihnen nur sagen: verdienen Sie lieber Geld. Sie haben eine kostspielige Phantasie. Nicht viele Leute werden Ihnen Vogelkäfige kaufen.»

«Es tut mir leid.»

«Das wird es, wenn Sie mich hauen. Vor einer Minute haben Sie das gewollt – ich konnte das in Ihrer Hand spüren. Und Sie möchten es auch jetzt.»

Und ob, entsetzlich gern; meine Hand, mein Herz zitterten, während ich die Flasche zuschraubte. «O nein, das würde mir nicht leid tun. Bedauern tue ich nur, daß Sie Ihr Geld an mich verschwendet haben – Rusty Trawler als Verdienstquelle ist doch mehr als übel.»

Sie setzte sich auf dem Feldbett auf, ihr Gesicht, ihre nackten Brüste im Schein der Höhensonne von kaltem Blau. «Etwa vier Sekunden sollten Sie brauchen, um von hier zur Tür zu kommen. Ich gebe Ihnen zwei.»

Ich ging geradewegs nach oben, holte den Vogelkäfig, nahm ihn herunter und ließ ihn vor ihrer Tür stehen. Damit war das erledigt. Oder so bildete ich mir das jedenfalls ein bis zum nächsten Morgen, als ich beim Fortgehen zu meiner Arbeit den Käfig, gegen eine Abfalltonne am Bürgersteig gelehnt, auf den Mann von der Müllabfuhr warten sah. Schafsdämlich genug rettete ich ihn und trug ihn zurück in mein Zimmer, eine Kapitulation, die meinen Entschluß nicht minderte, Holly Golightly gänzlich aus meinem Leben zu streichen. Sie war, entschied ich, «eine ungeschliffene Exhibitionistin», «eine Zeitverschwendung», «absoluter Talmi» – jemand, an den ich nie wieder das Wort richten würde.

Und das tat ich auch nicht. Lange Zeit nicht. Mit niedergeschlagenen Augen gingen wir auf der Treppe aneinander vorbei. Wenn sie zu Joe Bell hereinkam, ging ich hinaus. Zu einem Zeitpunkt ließ Madame Sapphia Spanella, die Koloratursängerin und Rollschuhbegeisterte, die auf der untersten Etage wohnte, einen Brief bei den übrigen Mietern des Backsteinhauses umlaufen, worin sie bat, sich ihr anzuschließen, um Miss Golightly hinauswerfen zu lassen – sie sei, sagte Madame Spanella, «moralisch nicht einwandfrei» und «die Anstifterin nächtelanger Zusammenkünfte, die die Sicherheit und Gesundheit ihrer Nachbarn bedrohen». Obgleich ich mich zu unterschreiben weigerte, hatte ich insgeheim das Gefühl, Madame Spanella habe Grund zur Klage. Aber ihr Gesuch schlug fehl, und als der April sich dem Mai näherte, waren die fensteroffenen warmen Frühlingsabende eindrucksvoll belebt von Party-Geräuschen, dem lauten Plattenspieler und Martini-Gelächter, das Apartment 2 entquoll.

Es war nichts Neues, verdächtigen Gestalten unter Hollys Besuchern zu begegnen, ganz im Gegenteil; aber eines Tages bemerkte ich damals, im späten Frühling, als ich durch das Vestibül des Backsteinhauses ging, einen höchst auffallenden Menschen, der ihren Briefkasten studierte. Ein Mann anfang der Fünfzig mit einem harten, verwitterten Gesicht, grauen einsamen Augen. Er trug einen alten schweißfleckigen grauen Hut, und sein billiger Sommeranzug, ausgeblichen blau, hing ihm lose um sein dürres Gestell. Er schien nicht die Absicht zu haben, bei Holly zu klingeln. Langsam, als lese er Blindenschrift, ließ er immer wieder einen Finger über die geprägten Buchstaben ihres Namens gleiten.

An jenem Abend, als ich zum Essen fortging, sah ich den Mann wieder. Er stand gegenüber auf der Straße, gegen einen Baum gelehnt, und starrte zu Hollys Fenster hinauf. Finstere Überlegungen überstürzten sich in meinem Hirn: War er ein Detektiv? Oder irgendein Spion der Unterwelt, der mit ihrem Sing-Sing-Freund Sally Tomato zusammenhing? Die Situation weckte meine weicheren Gefühle für Holly zu neuem Leben; es war nur anständig, unsere Fehde lange genug zu unterbrechen, um sie zu warnen, daß sie beobachtet würde. Als ich zur Ecke vorging, in Richtung auf das Lokal an der Kreuzung der Neunundsiebzigsten Straße und Madison zu, konnte ich spüren, wie sich die Aufmerksamkeit des Mannes auf mich konzentrierte. Gleich darauf wußte ich, ohne den Kopf zu wenden, daß er mir folgte. Denn ich konnte ihn pfeifen hören. Nicht irgendeine gewöhnliche Melodie, sondern die klagende Prärie-Weise, die Holly manchmal auf ihrer Gitarre spielte: *Will niemals schlafen, Tod nicht erleiden. Will nur so dahinziehn über die Himmelsweiden.* Das Gepfeife ging weiter über die Park Avenue hinweg und die Madison hinauf. Einmal, da ich auf das Umschalten einer Verkehrsampel warten mußte, beobachtete ich aus dem Augenwinkel, wie er sich niederbeugte, um einen Spitz mit schütterem Fell zu streicheln. «Ein prächtiges Vieh haben Sie da», versicherte er dem Besitzer mit dem heiseren, ländlichen Akzent der Südstaaten.

Das Lokal war leer. Trotzdem setzte er sich direkt neben mich an die lange Theke. Er roch nach Tabak und Schweiß. Er bestellte eine Tasse Kaffee, rührte ihn aber nicht an, als er kam. Dafür kaute er an einem Zahnstocher und musterte mich eingehend in dem uns gegenüber an der Wand hängenden Spiegel. «Entschuldigen Sie», sagte ich, ihn über den Spiegel hin ansprechend, «aber was wünschen Sie?»

Die Frage setzte ihn nicht in Verlegenheit, er schien erleichtert, daß sie gestellt worden war. «Mein Sohn», sagte er, «ich brauche einen Freund.»

Er brachte eine Brieftasche zum Vorschein. Sie war abgegriffen wie seine lederigen Hände, zerfiel fast in Stücke, nicht anders als die brüchige, eingerissene verschwommene Photographie, die er mir reichte. Sieben Personen waren da auf dem Bild, alle zusammen in einer Gruppe auf der ausgetretenen Veranda eines Holzhauses und alles Kinder bis auf den Mann selber, der seinen Arm um die Taille eines pummeligen blonden kleinen Mädchens gelegt hatte, die mit einer Hand ihre Augen gegen die Sonne schützte.

«Das bin ich», sagte er und deutete auf sich. «Das ist sie . . .», er tippte auf das pummelige Mädchen. «Und dieser hier drüben», fügte er, auf eine strubbelköpfige Bohnenstange weisend hinzu, «das ist ihr Bruder Fred.»

Ich blickte zurück auf «sie» — und ja, jetzt konnte ich es erkennen, eine embryohafte Ähnlichkeit mit Holly in dem blinzelnden, pausbäckigen Kind. Im gleichen Augenblick wurde mir klar, wer der Mann sein mußte.

«Sie sind Hollys *Vater.*»

Er zuckte mit den Lidern, er runzelte die Brauen. «Ihr Name ist nicht Holly. Sie hieß Lulamae Barnes. Hieß so», sagte er und schob den Zahnstocher in eine andere Ecke seines Mundes, «bis sie mich heiratete. Ich bin ihr Mann. Dok Golightly. Ich bin Pferdedoktor, für so Tiere überhaupt. Bißchen Landwirtschaft nebenher, außerdem. In der Nähe von Tulip, Texas. Sohn, warum lachen Sie?»

Es war kein richtiges Lachen, es waren die Nerven. Ich trank etwas Wasser und verschluckte mich, er klopfte mir den Rücken. «Da ist nichts zu lachen, Sohn. Ich bin ein Mann, der es satt hat. Fünf Jahre lang habe ich nach meiner Frau gesucht. Sobald ich den Brief von Fred kriegte, in dem stand, wo sie ist, habe ich mir die Karte für den Expreß gekauft. Lulamae gehört nach Haus zu ihrem Mann und ihren Kinnern.»

«Kindern?»

«Die da sin ihre Kinner», schrie er mich fast an. Er meinte die vier anderen jungen Gesichter auf dem Bild, zwei barfüßige Mädchen und ein Paar Buben in Overalls. Na ja, natürlich: der Mann war übergeschnappt. «Aber Holly kann doch nicht die Mutter von diesen Kindern sein. Die da sind doch älter als sie. Erwachsener.»

«Also, Sohn», sagte er einsichtig, «ich habe ja nicht behauptet, daß die ihre eigengeborenen Kinner wären, deren richtige feine Mutter, 'ne feine Frau, Gott hab sie selig, die is am 4. Juli, Unabhängigkeitstag, 1936 verschieden. Im Jahr der großen Dürre. Als ich Lulamae heiratete, das war im Dezember 1938, da wurde sie damals vierzehn. Möglich, daß ein gewöhnlicher Mensch, der nur erst vierzehn ist, noch nicht genau wissen würde, was er soll. Aber nehmen Sie die Lulamae, die war eine außerordentliche Person. Die wußte gut und schön, was sie tat, als sie zusagte, meine Frau zu werden un die Mutter von meinen Kinnern. Glatt das Herz gebrochen hat sie uns, als sie so einfach weggelaufen ist.» Er trank einen Schluck von seinem kalten Kaffee und blickte mich mit forschendem Ernst an. «Also, Sohn, mißtrauen Sie mir? Glauben Sie, was ich sage?»

Ich glaubte. Es war zu unglaubwürdig, um nicht Tatsache zu sein; überdies stimmte es genau mit O. J. Bermans Beschreibung der Holly überein, der er zuerst in Kalifornien begegnet war – «Man weiß nicht, stammt sie von den Bergen oder aus Oklahoma oder sonstwoher.» Man konnte Berman keinen Vorwurf machen, nicht erraten zu haben, daß sie ein Kind-Weib aus Tulip, Texas, war.

«Glatt das Herz gebrochen hat sie uns, als sie so einfach weggelaufen ist», wiederholte der Pferdedoktor. «Sie hatte keinen Grund. Alle Hausarbeit wurde von ihren Töchtern gemacht. Lulamae konnte ganz tun und lassen, was sie wollte – vor Spiegeln 'rumtrödeln und ihre Haare waschen. Unsere eigenen Kühe, unsern eigenen Garten, Hühner, Schweine – Sohn, die Frau ist doch buchstäblich fett geworden. Während der Bruder zum Riesen 'ranwuchs. Was wohl ganz schön anders war als der Anblick, wie sie zu uns kamen. Nellie war's, meine Älteste, Nellie war's, die sie ins Haus brachte. Die kam eines Morgens zu mir und sagte: ‹Papa, ich hab' zwei verwilderte Jungsche in der Küche eingeschlossen. Ich hab' sie erwischt, wie sie Milch und Puteneier stibitzten.› Das waren Lulamae und Fred. Also, nie im Leben haben Sie so was Jammervolles gesehen. Die Rippen stachen nach allen Seiten, Beine, so kläglich dürr, daß sie kaum stehen konnten, Zähne so wacklig schlecht, daß sie keinen Brei kauen konnten. Geschichte war so: ihre Mutter starb an TB, und ihr Papa tat dasselbe – und all die Kinner, eine ganze Hucke voll davon, die wurden losgeschickt, um mit verschiedenen armseligen Leuten zu leben. Lulamae und ihr Bruder, die zwei lebten nun mit irgendwelchen armseligen nichtsnutzigen Leuten an die zweihundert Kilometer östlich von Tulip. Sie hatte guten Grund, aus jenem Haus davonzulaufen. Sie hatte keinen, meins zu verlassen. Es war ihr Heim.» Er stützte die Ellbogen auf die Theke und seufzte, die Fingerspitzen gegen seine geschlossenen Augen pressend. «Sie wurde dick und fett wie eine richtige hübsche Frau. Und lebhaft dazu. Schwatzhaft wie eine Elster. Hatte zu allem und jedem was Witziges zu sagen – besser als das Radio. Eh ich's mich versehe, bin ich los und pflücke Blumen. Ich zähme ihr eine Krähe und lehre die, ihren Namen zu sagen. Ich habe ihr gezeigt, wie man Gitarre spielt. Ihr Anblick allein trieb mir die Tränen in die Augen. Den Abend, wo ich ihr den Antrag machte, hab' ich geweint wie ein kleines Kind. Sie sagte: ‹Warum sollst du denn weinen, Dok? Klar werden wir heiraten. Ich bin doch noch nie verheiratet gewesen.› Na, da mußte ich lachen und sie umarmen und an mich drücken: *noch nie verheiratet gewesen*!» Er lachte vor sich hin, kaute einen Augenblick an seinem Zahnstocher. «Sagen Sie bloß nicht, die Frau wär' nicht glücklich gewesen!» fuhr er herausfordernd fort. «Wir beteten sie allesamt an. Sie brauchte nich den Finger zu rühren, außer um Torte zu essen. Um ihr Haar zu kämmen und nach all den Zeitschriften auszuschicken. Wir müssen wohl so für an die hundert Dollar solche Illustrierte ins Haus gekriegt haben. Wenn Sie mich fragen – davon is es gekommen. Beim Anschauen großaufgemachter Bilder. Beim Lesen von Träumen. Das war's, was sie trieb, die Straße zu wandern. Jeden Tag wanderte sie ein Stück weiter – zwei Kilometer, und kam nach Hause. Drei Kilometer, und kam nach Hause. Eines Tages ging sie dann einfach weiter.» Wieder legte er seine Hände über die Augen; sein Atmen klang unregelmäßig. «Die Krähe, die ich ihr geschenkt hatte, wurde wild und flog davon. Den ganzen Sommer über konnte man sie hören. Im Hof. Im Garten. Im Wald. Den ganzen Sommer lang rief der verdammte Vogel: Lulamae, Lulamae.»

Er verharrte zusammengesunken und schweigend, als lausche er dem längstvergangenen Sommerlaut. Ich nahm unsere Bons zum Kassierer. Während ich zahlte, trat er zu mir. Gemeinsam gingen wir hinaus und wanderten hinüber zur Park Avenue. Es war ein frischer, windiger Abend; elegante Markisen flappten in der Brise. Das Schweigen zwischen uns dauerte an, bis ich sagte: «Aber was war mit ihrem Bruder? Der ging doch nicht fort?»

«Nein, Herr», sagte er und räusperte sich. «Fred war die ganze Zeit bei uns, bis sie ihn zur Armee holten. Ein prächtiger Bursche. Prächtig mit Pferden. Er wußte nicht, was in Lulamae gefahren war, wie es kam, daß sie ihren Bruder, Mann und Kinder verließ. Nachdem er in der Armee war, begann er indes von ihr zu hören. Neulich schrieb er mir ihre Adresse. Also komme ich, um sie zu holen. Ich weiß, sie möchte nach Hause.» Er schien mich um eine Bestätigung hierzu zu bitten. Ich erklärte ihm, daß ich glaube, er werde Holly – oder Lulamae – etwas verändert finden. «Hören Sie, Sohn», sagte er, als wir die Eingangsstufen zum Backsteinhaus erreichten, «ich teilte Ihnen mit, daß ich einen Freund brauche. Weil ich sie nicht überraschen möchte. Ihr keinen Schreck einjagen. Drum hab' ich mich zurückgehalten. Seien Sie mein Freund – lassen Sie sie wissen, daß ich da bin.»

Die Vorstellung, Mrs. Golightly ihren Ehemann anzubringen, hatte ihre befriedigenden Aspekte, und indem ich zu ihren erleuchteten Fenstern aufschaute, hoffte ich ihre Freunde dort oben, denn die Aussicht, zu sehen, wie der Texasmann Mag und Rusty und José die Hand gab, war noch befriedigender. Aber Dok Golightlys stolze ernste Augen und der durchgeschwitzte Hut weckten Scham in mir wegen solcher Vorgefühle. Er folgte mir ins Haus und bereitete sich am Fuße der Treppe zum Warten vor. «Sehe ich ordentlich aus?» flüsterte er, indem er sich die Ärmel abbürstete und den Knoten seiner Krawatte fester anzog.

Holly war allein. Sie kam sofort zur Tür, war sogar eben dabei, auszugehen – weißseidene Tanzpumps und Massen von Parfüm kündeten Gala-Absichten. «Na, Schafskopf», sagte sie und schlug mich verspielt mit ihrer Abendtasche. «Ich bin zu sehr in Eile, um mich jetzt zu versöhnen. Rauchen wir morgen die Friedenspfeife, okay?»

«Sicher, Lulamae. Wenn Sie morgen noch da sein sollten.»

Sie nahm ihre dunkle Brille ab und sah mich angestrengt blinzelnd an. Es war, als seien ihre Augen in Prismen zerfallen, die Flecken aus Blau, Grau und Grün wie auseinandergebrochene Teilchen des Glanzes. «*Er* hat Ihnen das erzählt», sagte sie mit einer sehr kleinen, bebenden Stimme. «O bitte, *wo* ist er?» Sie rannte an mir vorüber ins Treppenhaus. «Fred!» rief sie hinunter. «Fred! Wo bist du, Liebster?»

Ich konnte Dok Golightlys heraufkommende Schritte auf den Stufen hören. Sein Gesicht tauchte über dem Geländer auf, und Holly wich vor ihm zurück, nicht als sei sie erschrocken, sondern eher als zöge sie sich in eine Hülle der Enttäuschtheit zurück. Dann stand er vor ihr, mit hängenden Ohren und schüchtern. «Ach Gott, Lulamae», begann er und stockte, denn Holly schaute ihn aus leeren Augen an, als wisse sie nicht recht, wohin mit ihm. «Holla, Süßes», sagte er, «geben sie dir hier nichts zu essen? Du bist so klapprig. Ganz wie ich dich kennenlernte. Nur noch Augen.» Holly berührte sein Gesicht, ihre Finger ertasteten die Realität seines Kinns, seiner Bartstoppeln. «Hallo, Dok», sagte sie sanft und küßte ihn auf die Wange. «Hallo, Dok», wiederholte sie glücklich, als er sie in einer rippenzerquetschenden Umarmung in die Luft hob. Lautausbrechendes, befreites Gelächter erschütterte ihn. «Mein Gott, Lulamae. In Ewigkeit Amen.»

Keiner von beiden merkte, daß ich mich an ihnen vorbeidruckte und hinauf in mein Zimmer ging. Ebensowenig schienen sie gewahr zu werden, daß Madame Sapphia Spanella ihre Tür aufgemacht hatte und kreischte: «Ruhe hier draußen! Es ist eine Schande. Sucht euch einen andern Platz für eure Hurerei!»

«*Scheiden* lassen? Natürlich habe ich mich nie von ihm scheiden lassen. Ja um Himmels willen, ich war doch erst vierzehn. Das kann doch nicht *gültig* gewesen sein.» Holly klopfte an ein leeres Martiniglas. «Noch zwei, mein sehr geliebter Mr. Bell.»

Joe Bell, in dessen Wirtschaft wir saßen, nahm die Bestellung widerwillig entgegen. «Sie schaukeln das Schiff 'n bißchen reichlich früh», beklagte er sich, auf seiner Magenpille kauend. Zufolge der dunklen Mahagoni-Uhr hinter der Theke war es noch nicht Mittag, und er hatte uns bereits drei Runden vorgesetzt. «Aber es ist doch Sonntag, Mr. Bell. Sonntags gehen die Uhren nach. Außerdem bin ich bisher noch nicht im Bett gewesen», erklärte sie ihm und gestand mir: «Nicht zum Schlafen.» Sie wurde rot und blickte schuldbewußt zur Seite. Zum ersten Male, seit ich sie kannte, schien sie das Bedürfnis zu fühlen, sich zu rechtfertigen: «Na ja, ich mußte doch. Dok liebt mich nämlich wirklich. Und ich liebe ihn. Für Sie mag er alt und schäbig ausgesehen haben. Aber Sie wissen eben nicht, wie rührend er ist, wieviel Vertrauen er Vögeln und Kindern und all solch schwachen Geschöpfen einflößt. Jedem, der Ihnen einmal Vertrauen eingeflößt hat, dem schulden Sie eine Menge. Ich habe Dok immer in mein Gebet mit eingeschlossen. Bitte, lassen Sie das dreckige Grinsen!» forderte sie, indem sie ihre Zigarette ausdrückte. «Ich vergesse *nie* zu beten.»

«Ich habe nicht dreckig gegrinst. Ich habe gelächelt. Sie sind eine höchst erstaunliche Person.»

«Ich glaube, das bin ich», sagte sie, und ihr Gesicht, das im morgendlichen Licht blaß und recht zerschlagen wirkte, strahlte auf; sie strich ihr verwuscheltes Haar glatt, und seine Farben schimmerten wie eine Schampun-Reklame. «Ich muß grausam aussehen. Aber wer würde nicht? Wir sind den Rest der Nacht in einem Busbahnhof herumgezogen. Bis zur allerletzten Minute dachte Dok, ich würde mit ihm kommen. Obwohl ich ihm unentwegt erklärte: ‹Aber Dok, ich bin doch nicht mehr vierzehn, und ich bin nicht Lulamae.› Aber das Schreckliche ist (und mir wurde es klar, als wir da beisammenstanden): ich bin es! Noch immer stibitze ich Puteneier und renne durchs Gestrüpp. Nur sage ich jetzt dazu: ich habe das rote Grausen.»

Joe Bell setzte voll Verachtung die frischen Martinis vor uns hin.

«Verlieren Sie Ihr Herz niemals an etwas Wildes, Ungezähmtes, Mr. Bell», riet ihm Holly. «Das war Doks Fehler. Immer brachte er so etwas mit heimgeschleppt. Einen Habicht mit geknicktem Flügel. Einmal eine ausgewachsene Wildkatze mit einem gebrochenen Bein. Aber man soll sein Herz nicht an solch wildes Zeug verlieren – je mehr man das tut, desto stärker werden die. Bis sie stark genug sind, um davonzulaufen, fort in den Wald. Oder auf einen Baum fliegen. Dann einen höheren Baum. Dann den Himmel. So wird's zum Schluß ausgehen, Mr. Bell. Wenn Sie Ihr Herz an solch ein wildes Tier verlieren. Dann schauen Sie nur zum Schluß hinauf in den Himmel.»

«Sie ist betrunken», belehrte mich Joe Bell.

«Mit Maßen», gestand Holly. «Aber Dok wußte, was ich meinte. Ich hab' es ihm ganz vorsichtig erklärt, und es war etwas, das er begreifen konnte. Wir haben uns die Hände geschüttelt und einander festgehalten, und er hat mir Glück gewünscht.» Sie blickte auf die Uhr. «Er muß jetzt schon in den Blauen Bergen sein.»

«Wovon redet sie eigentlich?» erkundigte sich Joe Bell bei mir.

Holly hob ihren Martini. «Wollen wir dem Dok auch Glück wünschen», sagte sie und stieß ihr Glas gegen das meine. «Viel Glück – und glaub mir, geliebter Dok, es ist besser, zum Himmel hinaufzuschauen, als dort zu leben. Welch leerer Fleck, so unbestimmt. Nichts als eine Gegend, wo es donnert und Dinge hineinverschwinden.»

TRAWLER ZUM VIERTENMAL VERHEIRATET. Ich war irgendwo in Brooklyn auf der Untergrundbahn, als ich die Überschrift sah. Die Zeitung, die es mir entgegenschwenkte, gehörte einem anderen Fahrgast. Das einzige Stück Text, das ich erkennen konnte, hieß: *Ru-*

therford «Rusty» Trawler, der bekannte Millionenerbe, dem man verschiedentlich Nazi-Sympathien nachsagt, entführte gestern nach Greenwich die reizvolle — Nicht, daß mir daran gelegen hätte, mehr zu lesen. Holly hatte ihn geheiratet — also schön. Ich wünschte, ich läge unter den Rädern des Zuges. Aber das hatte ich mir schon gewünscht, ehe ich die Überschrift entdeckte. Aus einer Unzahl von Gründen. Holly hatte ich nicht mehr gesehen, nicht richtig, seit unserem trunkenen Sonntag in Joe Bells Wirtschaft. Die dazwischenliegenden Wochen hatten mir meinen eigenen Anfall des roten Grausens verschafft. Erstens einmal war ich aus meiner Stellung geflogen — verdientermaßen und wegen eines amüsanten Vergehens, das allzu kompliziert war, um es hier zu berichten. Zudem bezeigte mein Rekrutenamt ein unbehagliches Interesse, und nachdem ich erst kürzlich dem Reglement einer Kleinstadt entkommen war, brachte mich der Gedanke des Eintritts in eine andere Form strenggeregelten Lebens zur Verzweiflung. Mitten zwischen der Unsicherheit meiner Lage wegen des Eingezogenwerdens und einem Mangel spezifischer Berufserfahrungen schien ich keine neue Stellung finden zu können. Das war's, was ich auf der Untergrund in Brooklyn machte: ich kam von einer entmutigenden Besprechung mit einem Redakteur der nunmehr verschiedenen Zeitung *PM*. Zusammen mit der Stadthitze des Sommers hatte mich dies alles in einen Zustand nervöser Erschlaffung versetzt. Also meinte ich es gut zur Hälfte ernst, als ich wünschte, unter den Rädern des Zuges zu liegen. Die Überschrift machte das Verlangen danach noch bestimmter. Wenn Holly diesen «absurden Embryo» heiraten konnte, dann mochte die Heerschar des Verkehrten, das in der Welt überhandnahm, von mir aus auch über mich hinwegmarschieren. Oder — und diese Frage liegt auf der Hand — war meine Empörung ein wenig die Auswirkung dessen, daß ich selber in Holly verliebt war? Ein wenig. Denn ich *war* in sie verliebt. Genauso, wie ich früher einmal in die ältliche Negerköchin meiner Mutter verliebt gewesen war und in den Briefträger, der erlaubte, daß ich ihm auf seinen Runden nachlief, und in eine ganze Familie namens McKendrick. Diese Art von Liebe erzeugt auch Eifersucht.

Als ich an meiner Station ankam, kaufte ich eine Zeitung und entdeckte beim Lesen des Satzendes, Rustys Braut sei die *reizvolle Titelblatt-Schönheit aus den Bergen von Arkansas, Miss Margaret Thatcher Fitzhue Wildwood.* Mag! Vor lauter Erleichterung wurden meine Beine so schlapp, daß ich mir für den Rest des Heimwegs eine Taxe nahm.

Madame Sapphia Spanella kam mir im Treppenhaus entgegen, wildblickend und mit gerungenen Händen. «Los», sagte sie, «und holen Sie die Polizei. Sie bringt jemand um! Jemand bringt sie um!»

Es klang so, als ob Tiger loswären in Hollys Wohnung. Ein Krach von splitterndem Glas, ein Poltern und Fallen und umkippende Möbel. Aber man hörte keine streitenden Stimmen in all dem Aufruhr, was ihn unwirklich erscheinen ließ. «Laufen Sie», schrie Madame Spanella in höchsten Tönen und stieß mich fort. «Sagen Sie der Polizei: ein Mord!»

Ich lief, aber nur hinauf an Hollys Tür. Dagegendonnern hatte ein Resultat: der Krach ließ nach. Hörte ganz auf. Doch mein Flehen, mich einzulassen, blieb unbeantwortet, und meine Bemühungen, die Tür einzudrücken, kulminierten lediglich in einer zerschundenen Schulter. Dann hörte ich unten Madame Spanella jemand Neuhinzugekommenen kommandieren, zur Polizei zu gehen. «Halten Sie den Mund», wurde ihr erklärt, «und gehen Sie mir aus dem Wege.»

Es war José Ybarra-Jaeger. Keineswegs der elegante brasilianische Diplomat, sondern verschwitzt und voller Angst. Er kommandierte auch mich aus seinem Wege, und indem er seinen Schlüssel benutzte, machte er die Tür auf. «Hier herein, Dr. Goldman», sagte er und winkte einem Manne, der ihn begleitet hatte.

Da mich niemand abhielt, folgte ich ihnen in die Wohnung, die fürchterlich zusammengeschlagen war. Endlich war der Christbaum abgeputzt, höchst buchstäblich – seine braunen, vertrockneten Zweige streckten sich breit in einem wirren Durcheinander von zerrissenen Büchern, zerbrochenen Lampen und Schallplatten. Selbst der Eisschrank war geleert worden, sein Inhalt im Raum verstreut – rohe Eier glitschten die Wände hinunter, und inmitten der Trümmer leckte Hollys namenloser Kater geruhsam eine Milchpfütze auf.

Im Schlafzimmer ließ mich der Geruch zerschmissener Parfümflaschen nach Luft schnappen. Ich trat auf Hollys dunkle Brille, sie lag auf dem Boden, die Gläser bereits zersplittert, das Gestell halb durchgebrochen.

Vielleicht kam es daher, daß Holly, eine starre Gestalt auf dem Bett, José aus so blinden Augen anstarrte, den Doktor nicht zu sehen schien, der, ihren Puls prüfend, beruhigend summte: «Sie sind eine müde junge Dame. Sehr, sehr müde. Sie möchten gern schlafen, nicht wahr? Schlafen.»

Holly rieb sich über die Stirn, was einen verschmierten Blutstreifen aus einem Schnitt im Finger hinterließ. «Schlafen», sagte sie, wimmernd wie ein übermüdetes, schlechtgelauntes Kind. «Er war der einzige, bei dem ich's konnte. Mich ankuscheln in kalten Nächten. Ich habe einen Platz in Mexiko gesehen. Mit Pferden. Am Meer.»

«Mit Pferden am Meer», sang der Doktor einschläfernd und wählte eine Spritze aus seiner schwarzen Tasche.

José wandte das Gesicht ab, empfindlich gegen den Anblick der Nadel. «Ihre Krankheit ist nur Trauer?» erkundigte er sich, und sein mühsames Englisch lieh der Frage unbeabsichtigte Ironie. «Sie trauert nur?»

«Na, kein bißchen weh getan, nicht wahr?» wollte der Doktor wissen, während er Hollys Arm selbstzufrieden mit einem Fetzchen Watte abtupfte.

Sie kam so weit zu sich, um den Doktor schärfer ins Auge zu fassen. «*Alles* tut weh. Wo ist meine Brille?» Aber sie brauchte sie nicht mehr. Ihre Lider schlossen sich bereits von selber.

«Das ist nur Trauer?» beharrte José.

«Bitte, Herr» – der Doktor war recht kurz mit ihm –, «wenn Sie mich bitte mit der Patientin allein lassen wollen.»

José zog sich ins Wohnzimmer zurück, wo er seinen Zorn an der spionierenden, auf Zehenspitzen herumschleichenden Gegenwart der Madame Spanella ausließ. «Rühren Sie mich nicht an! Ich rufe die Polizei», drohte sie, als er sie mit portugiesischen Flüchen zur Tür davontrieb.

Er zog in Betracht, auch mich hinauszuwerfen, so vermutete ich jedenfalls seiner Miene nach. Statt dessen lud er mich jedoch zu einem Drink ein. Die einzige unzerbrochene Flasche, die wir finden konnten, enthielt herben Wermut. «Ich habe eine Sorge», vertraute er mir an. «Ich habe eine Sorge, daß dies einen Skandal verursachen möchte. Ihr Kaputtschlagen. Sich aufführen wie eine Verrückte. Ich darf keinen Skandal in der Öffentlichkeit haben. Es ist zu prekär – mein Name, meine Arbeit.»

Er schien erfreut, als er vernahm, daß ich keinen Grund für einen «Skandal» erblickte; sein eigenes Besitztum zu zerstören war, vermutlicherweise, Privatsache.

«Es handelt sich ja nur um Betrübtsein», erklärte er bestimmt. «Als die Trauer kam, wirft sie zunächst das Glas, aus dem sie trank. Die Flasche. Jene Bücher. Eine Lampe. Dann bekomme ich Angst. Ich eile, einen Doktor zu holen.»

«Aber warum?» wollte ich wissen. «Warum muß sie wegen Rusty einen Tobsuchtsanfall kriegen? Wenn ich sie wäre, würde ich feiern.»

«Rusty?»

Ich trug noch immer die Zeitung bei mir und zeigte ihm die Überschrift.

«Ach das.» Er grinste ziemlich verächtlich. «Sie tun uns einen großen Gefallen, Rusty und Mag. Wir lachen über sie – wie sie denken, sie brechen uns das Herz, wenn wir doch die ganze Zeit nur *wünschten*, daß sie weglaufen möchten. Ich versichere Ihnen, wir haben gelacht, als die Trauer kam.» Seine Blicke durchforschten den auf dem Boden herumliegenden Kram; er hob einen gelben Papierball auf. «Dies», sagte er.

Es war ein Telegramm aus Tulip, Texas: *Nachricht erhalten Fred drüben im Kampf gefallen stop Dein Mann und Kinder trauern mit um gemeinsamen Verlust stop Brief folgt Gruß Dok.*

Holly erwähnte ihren Bruder niemals wieder – bis auf ein einziges Mal. Darüber hinaus hörte sie auch auf, mich Fred zu nennen. Den Juni, Juli, all die warmen Monate über verkroch sie sich wie ein Tier im Winterschlaf, das nicht wußte, der Frühling sei gekommen und vergangen. Ihr Haar dunkelte nach, sie nahm an Gewicht zu. Sie wurde recht nachlässig in ihrer Kleidung – pflegte zum Kaufmannsladen nebenan im Regenmantel zu sausen mit nichts darunter. José zog in die Wohnung, sein Name ersetzte den von Mag Wildwood am Briefkasten. Dennoch war Holly ziemlich viel allein, denn José hielt sich drei Tage in der Woche in Washington auf. Während seines Fernseins empfing sie niemanden und verließ die Wohnung nur selten – bis auf die Donnerstage, da sie ihren allwöchentlichen Ausflug nach Ossining machte.

Was jedoch nicht inbegriff, daß sie etwa das Interesse am Leben verloren hätte, bei weitem nicht; sie schien zufriedener, durchweg glücklicher, als ich sie je gesehen hatte. Eine heftige und plötzliche Holly-unähnliche Begeisterung für Hauswirtschaft ergab verschiedene Holly-unähnliche Einkäufe: bei einer Parke-Bernet-Auktion erwarb sie einen Jagdgobelin mit einem sich zur Wehr setzenden Hirsch und aus dem Besitz von William Randolph Hearst ein paar düsterstrenge gotische «Lehn»-Stühle; sie kaufte die komplette große Literatur der Modern Library, Fächer voll klassischer Schallplatten, unzählige Reproduktionen aus dem Metropolitan-Museum (wozu auch die Skulptur einer chinesischen Katze zählte, die ihr eigener Kater haßte, anzischte und endlich zerbrach), einen Mixer und einen Dampfkochtopf und eine Bibliothek von Kochbüchern. Sie verbrachte wildherumwirtschaftend ganze Hausfrauennachmittage in der Schwitzkiste ihrer winzigen Küche. «José sagt, ich sei besser als das ‹Colony›. Nein, wirklich, wer hätte je geahnt, daß ich eine derartige natürliche Begabung dafür hätte? Noch vor einem Monat konnte ich nicht mal Rühreier.» Und konnte es noch immer nicht, genau genommen. Einfache Gerichte, Steak, ein vernünftiger Salat, gingen über ihre Begriffe. Dafür ernährte sie José und gelegentlich mich mit *outré* Suppen (mit Kognak gewürzte Schildkrötensuppe in Avocado-Schalen gegossen), neronischen Erfindungen (gebratenem Fasan mit Granatäpfeln und Dattelpflaumen gefüllt) und anderen zweifelhaften Neuerungen (Huhn und Safranreis mit Schokoladensoße serviert: «In Indien ein klassisches Gericht, *mein* Lieber!»). Die kriegsbedingte Rationierung von Zucker und Sahne engte ihre Phantasie ein, sobald es sich um Desserts handelte – nichtsdestoweniger brachte sie einmal etwas fertig unter dem Namen Tabak-Tapioka – lieber es nicht beschreiben.

Auch nicht ihre Bemühungen beschreiben, Portugiesisch beherrschen zu lernen, eine harte Prüfung, die für mich ebenso ermüdend war wie für sie, denn wann immer ich sie besuchte, drehte sich ein Album Linguaphonplatten unaufhörlich auf ihrem Apparat. Außerdem sagte sie jetzt auch kaum je einen Satz, der nicht anfing: «Wenn wir erst verheiratet sind —» oder «Wenn wir nach Rio gehen —» Dabei hatte José niemals Heirat erwähnt. Sie gab das zu. «Aber schließlich *weiß* er, daß ich schwangre. Na ja, ich bin, Herzchen. Seit sechs Wochen. Ich sehe nicht ganz, warum Sie das *so* überrascht. Mich gar nicht. Nicht *un peu* bißchen. Ich bin selig. Ich möchte mindestens neun haben. Ich bin überzeugt, daß ein paar davon ganz dunkel werden — José hat einen Schuß *le nègre,* das haben Sie vermutlich gemerkt, nicht? Was ich persönlich großartig finde — was könnte entzückender sein als so eine Art Negerbaby mit strahlenden grünlichen, wunderschönen Augen? Ich wünschte — bitte lachen Sie nicht, aber ich wünschte, ich wäre für ihn noch Jungfrau gewesen, für José. Nicht daß ich etwa den Unmengen eingeheizt hätte, von denen manche reden — ich mache den Biestern keine Vorwürfe, wenn sie es behaupten, ich habe selber immer solch hektisches Gerede ausgestreut. Dabei habe ich es neulich nachts einmal zusammengezählt, und ich habe in Wirklichkeit nur ganze elf Liebhaber gehabt — ungerechnet alles, was vor dreizehn passiert ist, denn schließlich zählt das doch wirklich nicht. Elf. Macht mich das etwa zu 'ner Hure? Sehen Sie sich da Mag Wildwood an. Oder Honey Tucker. Oder Rose Ellen Ward. Die haben die ewige Klatscherei so oft betrieben, daß man schon Applaus dazu sagen kann. Natürlich habe ich gar nichts gegen Huren. Manche von ihnen mögen eine anständige Zunge haben, aber alle haben sie keinen inneren Anstand. Ich meine, man kann nicht mit einem Kerl bumsen und seinen Scheck kassieren und nicht wenigstens *versuchen* sich einzubilden, daß man ihn liebt. Das habe ich nie gemacht. Selbst bei Benny Shacklett und solchen Widerlingen. Ich habe mich sozusagen selber hypnotisiert zu denken, daß ihre schiere Ekelhaftigkeit einen gewissen Reiz hätte. Tatsächlich ist, außer Dok, wenn Sie Dok überhaupt mitrechnen wollen, José meine erste nicht ekelhafte Liebesgeschichte. Oh, er ist nicht der Inbegriff des absoluten *finito* für mich. Er macht kleine Schwindeleien, und er regt sich auf, was die Leute *denken*, und er badet etwa fünfzigmal am Tag – dabei müssen Männer doch *etwas* riechen. Er ist zu zimperlich, zu vorsichtig, um so recht mein Ideal von Liebhaber zu sein; er dreht sich immer 'rum, wenn er sich auszieht, und er macht zuviel Geräusch beim Essen, und ich mag ihn nicht rennen sehen, weil das irgendwie komisch aussieht, wenn er rennt. Wenn ich so die Wahl hätte unter allem, was da lebt, einfach so mit den Fingern knipsen und sagen könnte: komm her du, da würde ich mir José nicht 'raussuchen. Nehru, der käme eher hin. Wendell Willkie. Entschließen würde ich mich für die Garbo, wann auch immer. Warum nicht? Der Mensch müßte Mann oder Frau heiraten können – passen Sie auf, wenn Sie zu mir kämen und sagten, Sie wollten's mit einem Kriegsschiff treiben, würde ich Ihre Gefühle achten. Nein, im Ernst. Liebe sollte erlaubt sein. Ich bin ganz und gar dafür. Jetzt, da ich so ziemlich eine Ahnung davon habe. Denn ich *liebe* José – ich würde zu rauchen aufhören, wenn er's von mir verlangte. Er ist so nett, er kann mir das rote Grausen weglachen, nur habe ich es gar nicht mehr so viel, höchstens hie und da, und selbst dann ist es nicht derart ekelino, daß ich Seconal schlucken oder mich zu Tiffany hinschleppen muß – ich bringe seinen Anzug zur Reinigung oder fülle Pilze, und schon fühle ich mich fein, einfach großartig. Noch etwas, ich habe meine Horoskope weggeschmissen. Ich muß wohl einen Dollar für jeden gottverdammten Stern in diesem gottverdammten Planetarium ausgegeben haben. Es ist langweilig, aber die Antwort ist, daß einem Gutes nur zustößt, wenn man selber gut ist. Gut? Anständig trifft eher das, was ich meine. Nicht die Anständigkeit vor dem Gesetz – ich würde ein Grab berauben, würde die Fünfundzwanzigcentstücke von den Augen eines Toten stehlen, wenn ich dächte, mir damit einen vergnügten Tag bereiten zu können – sondern die Anständigkeit vor mir selber. Alles kann man sein, bloß kein Feigling, kein Angeber, rührseliger Schwindler, Hure – lieber möchte ich Krebs haben als keinen inneren Anstand. Das ist nicht etwa Frömmelei. Einfach praktische Vernunft. Krebs mag einen vielleicht ins Grab bringen, aber das andere ganz sicher. Ach, drehn wir ab, Süßer – geben Sie mir meine Gitarre und ich werde Ihnen eine *fada* im perfektesten Portugiesisch singen.»

Diese letzten Wochen, Endspanne des Sommers und Beginn eines neuen Herbstes, habe ich nur verschwommen in meiner Erinnerung, vielleicht weil unser Verständnis füreinander jene holde Tiefe erreicht hatte, da zwei Menschen sich häufiger im Schweigen als durch Worte mitteilen — eine liebevolle Stille ersetzt die Spannungen, das nicht nachlassende Geplauder und Herumgejage, das die erkennbareren, die, oberflächlich betrachtet, dramatischeren Momente einer Freundschaft hervorbringt. Wenn *er* nicht in der Stadt war (ich hatte eine feindliche Abneigung gegen *ihn* entwikkelt und gebrauchte selten seinen Namen), verbrachten wir häufig ganze Abende miteinander, in deren Verlauf wir keine hundert Worte wechselten; einmal wanderten wir den ganzen Weg bis zum Chinesenviertel, aßen *chow-mein* zum Abendbrot, kauften ein paar Papierlaternen und stibitzten eine Schachtel Räucherstäbchen, dann schlenderten wir über die Brooklyn-Brücke, und dort auf der Brücke, als wir die seewärts schwimmenden Schiffe zwischen den Klippen der erleuchteten Wolkenkratzersilhouette hingleiten sahen, sagte sie: «Heute in Jahren, in vielen, vielen Jahren, wird eines dieser Schiffe mich zurückbringen, mich und meine neun brasilianischen Bälger. Weil, nun ja, weil sie dies eben sehen müssen, diese Lichter, den Fluß — ich liebe New York, auch wenn es nicht in der Weise mein ist, wie etwas sein sollte, ein Baum oder eine Straße oder ein Haus, eben irgend etwas, das mir gehört, weil ich zu ihm gehöre.» Und ich sagte: «Hören Sie auf», weil ich mich zum Wütendwerden beiseitegelassen fühlte — ein Schlepper im Trockendock, während sie, glitzernder Seefahrer mit sicherem Bestimmungsort, den Hafen hinunterdampfte mit Pfeifen und Tuten und Konfetti in der Luft.

So wirbeln die Tage, diese letzten Tage herum in der Erinnerung, unscharf, herbstlich, einander gleich, wie Blätter — bis zu einem Tage, anders als irgendeiner, den ich je erlebte.

Zufällig fiel er auf den dreißigsten September, meinen Geburtstag, eine Tatsache, die keinen Einfluß auf die Ereignisse hatte, es sei denn, daß ich, in der Annahme irgendeiner Form geldlichen Gedenkens von seiten meiner Familie, dem Morgenbesuch des Briefträgers begierig entgegensah. Ja, ich ging sogar tatsächlich hinunter, um ihn zu erwarten. Hätte ich mich nicht im Hauseingang herumgetrieben, würde Holly mich nicht zum Reiten aufgefordert haben und würde infolgedessen auch keine Gelegenheit gehabt haben, mir das Leben zu retten.

«Los», sagte sie, als sie mich auf den Briefträger warten fand. «Bewegen wir doch eben ein paar Pferde drüben im Park.» Sie trug eine Windjacke, Bluejeans und Tennisschuhe. Sie schlug sich auf den Bauch, um mich auf seine Flachheit aufmerksam zu machen: «Denken Sie nicht etwa, ich sei darauf aus, den Stammhalter zu verlieren. Aber es ist da ein Pferd, meine geliebte alte Mabel Minerva – ich kann nicht fort, ohne von Mabel Minerva Abschied genommen zu haben.»

«Abschied?»

«Samstag in einer Woche. José hat die Karten gekauft.» Wie in einer Art Trancezustand ließ ich mich von ihr auf die Straße nehmen. «In Miami wechseln wir das Flugzeug. Dann über das Meer. Über die Anden. Taxi!»

Über die Anden. Als wir im Wagen zum Central Park hinüberfuhren, schien mir, als ob auch ich flöge, verlassen dahinglitte über Schneegipfel und gefahrdrohendes Gebiet.

«Aber das dürfen Sie nicht. Wozu denn schließlich. Ja, wozu. Nein, Sie können doch nicht *wirklich* davonlaufen und alle hier verlassen.»

«Ich glaube nicht, daß mich irgendwer vermißt. Ich habe keine Freunde.»

«Aber *ich* werde Sie vermissen. Joe Bell ebenso. Und – ach, Tausende. Wie Sally. Der arme Mr. Tomato.»

«Ich hatte den guten Sally gern», sagte sie und seufzte. «Wissen Sie, daß ich ihn schon seit einem Monat nicht mehr gesehen habe? Als ich ihm erzählte, daß ich fortgehen würde, war er ein Engel. *Tatsächlich*» – sie zog die Brauen zusammen –, «schien er sogar *entzückt*, daß ich außer Landes ginge. Er meinte, es sei so am allerbesten. Weil es früher oder später Schwierigkeiten geben könnte. Wenn sie herausfänden, daß ich nicht wirklich seine Nichte sei. Der fette Anwalt, O'Shaugnessy, also dieser O'Shaugnessy schickte mir fünfhundert Dollar. Bar. Als Hochzeitsgeschenk von Sally.»

Ich wollte unnett sein. «Sie können auch von mir ein Geschenk erwarten. Wenn und falls die Heirat stattfindet.»

Sie lachte. «Er wird mich schon ganz richtig heiraten. In der Kirche. Und im Beisein seiner Familie. Deswegen warten wir ja, bis wir in Rio sind.»

«Weiß er, daß Sie bereits verheiratet sind?»

«Was ist denn mit Ihnen los? Wollen Sie uns den Tag verderben? Es ist ein so schöner Tag — lassen Sie also die Geschichte!»

«Aber es ist doch sehr gut möglich —»

«Es ist *nicht* möglich. Ich habe Ihnen erklärt, daß es nicht gesetzlich gültig war. Das *kann* es nicht sein.» Sie rieb sich die Nase und blickte mich aus den Augenwinkeln an. «Lassen Sie das einer lebenden Seele gegenüber verlauten, Herzchen. Ich hänge Sie an den Zehen auf und schlachte Sie ab wie ein Schwein.»

Die Stallungen — ich glaube, sie sind von Fernsehstudios abgelöst worden — befanden sich West Sechsundsechzigste Straße. Holly wählte für mich eine alte, schwarzweiße Stute mit Senkrücken: «Keine Angst, die ist besser als eine Wiege.» Was in meinem Falle eine notwendige Garantie darstellte, denn Zehn-Cent-Ponyreiten auf Rummelplätzen meiner Kindheit waren das äußerste meiner reiterlichen Erfahrung. Holly half mich in den Sattel hieven und bestieg dann ihr eigenes Pferd, ein silbriges Tier, das sich an die Spitze setzte, als wir durch den Verkehr bei Central Park West dahin trotteten und in einen mit Laub gesprenkelten Reitweg einbogen, das von aufblätternden Windstößen herumgewirbelt wurde.

«Sehen Sie?» rief sie. «Es ist doch herrlich!»

Und auf einmal war es das. Auf einmal — als ich die durcheinandergeratenen Farben von Hollys Haar im rotgoldenen Laubschimmer aufblitzen sah, liebte ich sie genug, um mich zu vergessen, meine selbstbemitleidenden Verzweiflungen, und zufrieden zu sein, daß etwas, das sie als Glück empfand, geschah. Sehr ruhig begannen die Pferde zu traben, Windwogen spritzten uns entgegen, schlugen uns ins Gesicht, wir tauchten in Sonnen- und Schattentümpel ein und wieder aus ihnen auf, und Freude, eine Glückseligkeit zu leben, durchschüttelte mich wie ein Schnapsglas voll Explosivstoff. Das war in der einen Minute. Die nächste brachte Posse in scheußlichster Maske.

Denn unversehens, wie Wilde bei einem Überfall im Dschungel, sprang eine Bande Negerjungen aus dem Gebüsch am Wegrand. Unter Heulen und Fluchen warfen sie Steine und peitschten mit Ruten nach den Leibern der Pferde.

Meines, die schwarzweiße Stute, stieg auf der Hinterhand, wieherte, machte ein paar unsichere Schritte wie ein Seiltänzer und preschte dann wie ein geölter Blitz den Weg hinunter, wobei meine Füße aus den Bügeln geschleudert wurden und ich kaum noch Halt hatte. Ihre Hufe ließen den harten Kies Funken sprühen. Der Himmel lag schief. Bäume, ein Teich mit Segelschiffchen kleiner Jungen, Denkmäler glitten holterdipolter vorüber. Kindermädchen stürzten daher, um ihre Schutzbefohlenen vor unserem furchteinjagenden Nahen zu retten; Menschen, Nichtstuer und andere, schrien gellend: «Zügel anziehen!» und «Brr, mein Junge, brr!» und «Abspringen!» Erst später erinnerte ich mich dieser Rufe; im Augenblick erfaßte ich einfach nur Holly, das Cowboygeklapper ihres Hinter-mir-her-Galoppierens, ohne mich je ganz einzuholen, und wieder und wieder ihr mutmachenden Zurufe. Vorwärts und weiter: quer durch den Park und hinaus auf die Fifth Avenue – in wilder Flucht gegen den mittäglichen Verkehr, Autos, Busse, die kreischend im Bogen auswichen. Vorüber am Duke-Palais, dem Frick-Museum, vorüber am Pierre- und am Plaza-Hotel. Aber Holly gewann Boden, überdies hatte ein berittener Polizist sich der Jagd angeschlossen – jeder von einer Seite meine durchgegangene Stute zwischen sich nehmend, vollführten ihre Pferde eine Zangenbewegung, die diese zu dampfablassendem Halt brachte. Und da endlich geschah es, daß ich von ihrem Rükken fiel. Herunterfiel und mich aufklaubte und dastand, ganz und gar nicht klar darüber, wo ich mich befand. Eine Menschenmenge sammelte sich. Der Polizist schimpfte und schrieb in ein Buch – auf einmal war er höchst mitfühlend, grinste und sagte, er werde dafür sorgen, daß unsere Pferde in den Stall zurückkämen. Holly nahm für uns eine Taxe. «Herzchen. Wie fühlen Sie sich?»

«Großartig.»

«Aber Sie haben doch gar keinen Puls», sagte sie, indem sie mein Handgelenk fühlte.

«Dann muß ich tot sein.»

«Nein, Schafskopf. Das ist ernsthaft. Sehen Sie mich an.»

Das Schwierige war, daß ich sie nicht sehen konnte; vielmehr sah ich mehrere Hollys, ein Trio schweißbedeckter Gesichter, so blaß vor Mitgefühl, daß ich gleichzeitig gerührt und verlegen war. «Ehrlich: ich spüre gar nichts. Ich schäme mich bloß.»

«Bitte. Sind Sie auch ganz sicher? Sagen Sie mir die Wahrheit. Sie hätten dabei umkommen können.»

«Bin ich aber nicht. Und ich danke Ihnen. Daß Sie mir's Leben gerettet haben. Sie sind wunderbar. Einzig. Ich liebe Sie.»

«Idiot.» Sie küßte mich auf die Wange. Dann waren da vier Hollys, und ich fiel unversehens in Ohnmacht.

An jenem Abend waren Bilder von Holly auf den Titelseiten der Spätausgabe des *Journal-American* und der ersten Morgenausgaben sowohl der *Daily News* wie des *Daily Mirror*. Diese Publizität hatte nichts mit durchgegangenen Pferden zu tun. Sie betraf eine völlig andere Angelegenheit, wie die Überschriften verrieten.

LEBEDAME IN RAUSCHGIFTSKANDAL VERHAFTET
(Journal-American),

VERHAFTUNG DROGENSCHIEBENDER SCHAUSPIELERIN
(Daily News),

NARKOTIKA-SCHMUGGEL AUFGEDECKT
MAGAZINSCHÖNHEIT FESTGENOMMEN
(Daily Mirror)

Von dem ganzen Packen brachten die *News* das eindrucksvollste Bild: Holly beim Betreten der Polizeiwache, eingekeilt zwischen zwei muskulösen Detektiven, einem männlichen und einem weiblichen. In dieser elenden Zusammenstellung deutete sogar ihre Kleidung (sie trug noch immer ihre Reitsachen, Windjacke und Bluejeans) auf die brutale Gangsterbraut hin – ein Eindruck, den die dunkle Brille, zerzauste Frisur und eine von verkniffenen Lippen niederbaumelnde Picayune-Zigarette nicht gerade minderten. In der Unterschrift las man:

> Zwanzigjährige Holly Golightly, bezauberndes Starlet und zu Hause in der eleganten Lebewelt, bekennt sich als Schlüsselfigur internationalen Rauschgiftschmuggels im Zusammen-

hang mit Gangster Salvatore «Sally» Tomato. Hier wird sie von den Detektiven Patrick Connor und Sheilah Fezzonetti (l. und r.) in die Polizeiwache an der Siebenundsechzigsten Straße gebracht. Bericht siehe S. 3.

Der Bericht mit der großaufgemachten Photographie eines Mannes, bezeichnet als Oliver «Pater» O'Shaughnessy (der sein Gesicht hinter einem Filzhut verbarg), ging über drei Spalten. Leicht zusammengefaßt sind hier die wesentlichsten Absätze:

Angehörige der eleganten Lebewelt waren fassungslos über die Verhaftung der blendenden Holly Golightly, zwanzigjährigem Hollywood-Starlet und weitbekannt in mondänen New Yorker Kreisen. Zur gleichen Zeit, zwei Uhr mittags, faßte die Polizei Oliver O'Shaughnessy, 52, wohnhaft Strandhotel, West, Neunundvierzigste Straße, als er eben auf der Madison Avenue ein Speiselokal verließ. Wie District Attorney Frank L. Donovan erklärt, sollen die beiden eine wichtige Rolle in einem internationalen Rauschgiftschmuggelring spielen, der von dem berüchtigten Mafia-Führer Salvatore «Sally» Tomato beherrscht wird, der zur Zeit in Sing-Sing die ihm aufgebrummten fünf Jahre wegen einer politischen Bestechungsaffäre absitzt ... O'Shaughnessy, ein seiner Würden entkleideter Priester, der verschiedentlich in Verbrecherkreisen als «Pater» oder «il Padre» bekannt ist, hat eine Liste von Gefängnisstrafen hinter sich, die bis ins Jahr 1934 zurückreicht, als er zwei Jahre absitzen mußte, weil er auf Rhode Island eine Schwindel-Klinik für Geisteskranke betrieben hatte, «Die Mönchsklause». Miss Golightly, die noch nicht vorbestraft ist, wurde in ihrem Luxusapartment in der elegantesten Gegend verhaftet ... Obgleich bisher noch keine offizielle Verlautbarung herausgegeben wurde, wird doch schon von verläßlicher Quelle behauptet, daß die blonde, bildhübsche Schauspielerin, bis vor kurzem noch ständige Begleiterin des Multimillionärs Rutherford Trawler, als «Verbindungsmann» zwischen dem eingesperrten Tomato und seinem ersten Offizier O'Shaughnessy fungiert habe ... Als angebliche Verwandte Tomatos soll Miss Golightly wöchentlich Sing-Sing einen Besuch abgestattet und bei diesen Gelegenheiten von Tomato in verschlüsselten Worten Botschaften erhalten haben, die sie dann O'-Shaughnessy übermittelte. Dank dieser Verbindung gelang es Tomato, der angeblich 1874 in Cefalu auf Sizilien geboren sein soll, persönliche Kontrolle über seinen sich über die ganze Welt erstreckenden Rauschgiftkonzern zu behalten, dessen Zweigniederlassungen sich in Mexiko, Kuba, Sizilien, Tanger, Teheran und Dakar befinden. Jedoch lehnte die amtliche Stelle bisher ab, Einzelheiten zu diesen Behauptungen zu geben oder sie zu bestätigen ... Auf den Tip hin hatten sich eine große Anzahl Reporter an der Polizeiwache eingefunden, als das angeklagte Paar zur Vernehmung eingeliefert wurde. O'Shaughnessy, ein kompakter rothaariger Mensch, verweigerte Auskünfte und trat einen Kameramann in die Weichen. Miss Golightly jedoch, eine grazile Augenweide ungeachtet ihres Straßenjungenaufzugs in Hosen und Lederjacke, wirkte verhältnismäßig unbekümmert. «Fragen Sie mich gar nicht erst, was zum Teufel das Ganze soll», erklärte sie den Reportern. «Parce-que je ne sais pas, mes chers. (Weil ich es nicht weiß, meine Lieben.) Ja – ich habe Sally Tomato besucht. Ich bin regelmäßig jede Woche einmal hingegangen, um ihn zu sehen. Was ist daran Schlimmes? Er glaubt an Gott und ich genauso» ...

Dann unter dem Zwischentitel

GIBT EIGENE RAUSCHSUCHT ZU:

Miss Golightly lächelte, als einer der Reporter fragte, ob sie selbst rauschgiftsüchtig sei. «Ich habe mal einen kleinen Anfall von Marihuana gehabt. Das ist nicht halb so schädlich wie Kognak. Und billiger obendrein. Unglücklicherweise ist mir Kognak lieber. Nein, Mr. Tomato hat mir gegenüber niemals etwas von Rauschgift erwähnt. Es macht mich ganz wütend, wie diese gräßlichen Menschen dauernd auf ihm herumhacken. Er ist ein empfindsamer und frommer Mensch. Ein lieber alter Mann.»

Ein besonders grober Irrtum war da in diesem Bericht: sie wurde nicht in ihrem «Luxusapartment» verhaftet. Es fand dies in meinem eigenen Badezimmer statt. Ich war dabei, meine Reiterschmerzen in einer Wanne voll brühheißem, mit Epsomsalz vermischtem Wasser einzuweichen, während Holly, als hilfreiche Krankenschwester, auf dem Rand der Wanne saß und wartete, um mich mit Sloan's Liniment einzureiben und ins Bett zu pakken. Da klopfte es an der Vordertür. Da sie nicht abgeschlossen war, rief Holly Herein. Herein kam Madame Spanella, gefolgt von einem Paar Kriminalbeamten in Zivil, einer davon eine Frau mit dicken gelbblonden, um den Kopf geschlungenen Zöpfen.

«*Da* ist sie – die Gesuchte!» dröhnte Madame Spanella, indem sie in das Badezimmer eindrang und mit dem Finger erst auf Holly, dann auf meine Blöße deutete. «Sehen Sie, was für eine Hure die ist.» Der männliche Beamte schien in Verlegenheit gesetzt – von Madame Spanella und von der Situation; doch ein grimmiges Vergnügen spannte die Züge seiner Gefährtin – sie haute Holly ihre Hand auf die Schulter und sagte mit überraschender Kinderstimme: «Los, Mädchen. Jetzt geht's aber wohin.» Worauf Holly frech erklärte: «Weg mit den Stallmagdpfoten, schwules Balg.» Was die Dame erheblich außer sich brachte – sie knallte Holly verdammt scharf eine 'runter. So scharf, daß es ihr den Kopf herumriß und die Flasche mit dem Liniment, ihr aus der Hand geschleudert, auf dem Fliesenboden in tausend Stücke sprang – während ich, aus der Wanne krabbelnd, um den Tumult noch reicher zu gestalten, darauftrat und mir fast beide großen Zehen abgeschnitten hätte. Nackt und blutend, eine Wegspur blutiger Fußabdrücke hinterlassend, folgte ich der Amtshandlung bis ins Treppenhaus. «Denken Sie daran», gelang es Holly mich noch zu instruieren, als die Detektive sie die Treppe hinuntertrieben, «füttern Sie bitte den Kater.»

Selbstverständlich glaubte ich Madame Spanella daran schuldig – sie hatte verschiedentlich die Polizei gerufen, um sich über Holly zu beklagen. Es war mir nicht eingefallen, daß diese Angelegenheit fürchterliche Ausmaße annehmen könnte, bis zum gleichen Abend, als Joe Bell auftauchte und die Zeitungen schwenkte. Er war viel zu aufgeregt, um vernünftig reden zu können, er rannte wie betrunken im Zimmer herum und schlug die Fäuste gegeneinander, während ich die Berichte las.

Dann sagte er: «Glauben Sie, daß das stimmt? War sie in diese lausige Geschichte verwickelt?»

«Nun: ja.»

Er schleuderte sich eine Magenpille in den Mund und kaute, mich wild anfunkelnd, darauflos, als zermalme er meine Knochen. «Junge, das ist grundschlecht. Und Sie wollen ihr Freund sein. So ein Lump!»

«Einen Moment mal. Ich habe nicht gesagt, daß sie mit vollem Wissen hineinverwickelt war. Das nicht. Aber nun ja, getan hat sie es. Botschaften übermittelt und was nicht alles.»

Er sagte: «Sie nehmen das reichlich ruhig, scheint mir? Mein Gott nochmal, sie kann da zehn Jahre kriegen. Oder mehr.» Er riß mir heftig die Zeitungen aus der Hand. «Sie kennen ihre Freunde. Diese reichen Kerle. Kommen Sie mit herunter ins Lokal. Wir werden 'rumtelephonieren. Unser Mädchen wird erstklassigere Winkeladvokaten brauchen, als ich mir leisten kann.»

Ich war zu wund und zerschlagen, um mich selber anziehen zu können. Joe Bell mußte helfen. Wieder in seiner Wirtschaft, stellte er mich abgestützt gegen die Telephonzellenwand, mit einem dreistöckigen Martini und einem Schnapsglas voll Münzen. Aber ich konnte mich nicht besinnen, mit wem ich Verbindung aufnehmen sollte. José war in Washington, und ich hatte keine Ahnung, wo ich ihn dort erreichen konnte. Rusty Trawler? Nicht diesen Widerling! Nur – was kannte ich sonst für Freunde von ihr? Wahrscheinlich hatte sie recht gehabt, als sie sagte, sie habe keine, keine wirklichen.

Ich bekam Verbindung mit Crestview 5–6958 in Beverly Hills, einer Nummer, die mir vom Fernamt für O. J. Berman angegeben worden war. Die Person, die sich meldete, sagte, daß Mr. Berman eben seine Massage habe und nicht gestört werden könne – bedaure, versuchen Sie's später nochmal. Joe Bell war entrüstet – erklärte mir, ich hätte sagen sollen, es ginge um Leben und Tod – und er bestand darauf, daß ich Rusty versuchen müsse. Zuerst sprach ich Mr. Trawlers Butler – Mr. und Mrs. Trawler seien bei

Tisch, meldete er, und ob er etwas bestellen könne? Joe Bell brüllte in den Hörer: «Herr, das ist dringend. Leben und Tod.» Das Resultat war, daß ich mich im Gespräch – im Zuhören, eher – mit der einstigen Mag Wildwood fand: «Seid ihr besoffen?» erkundigte sie sich. «Mein Mann und ich werden positiv *jeden* vor Gericht bringen, der nur versucht, unsere Namen mit diesem v-v-verkommenen und abstoßenden M-M-Mädchen in Verbindung zu bringen. Ich habe *immer* gewußt, daß sie eine Nu-nu-nutte war mit nicht so viel Anstand wie 'ne läufige Hündin. Ins Gefängnis, da gehört die hin. Und mein Mann denkt tausend Prozent genauso wie ich. Positiv *jeden* werden wir vor Gericht bringen, der –» Während ich aufhängte, fiel mir der alte Dok unten in Tulip, Texas, ein: aber nein, Holly würde es nicht recht sein, wenn ich ihn anrief, sie würde mich glatt umbringen.

Ich versuchte es wieder mit Kalifornien; die Leitungen waren besetzt, blieben besetzt, und bis O. J. Berman in der Leitung war, hatte ich derart viele Martinis gekippt, daß er mir erzählen mußte, warum ich bei ihm anrief: «Wegen der Kleinen, was? Ich weiß schon. Ich habe schon mit Iggy Feitelstein gesprochen. Iggy ist der beste Rechtsverdreher von New York. Ich habe gesagt, Iggy, Sie kümmern sich drum, schicken Sie mir die Rechnung, nur halten Sie meinen Namen 'raus aus der Sache, verstanden? Na ja, ich bin das der Kleinen schuldig. Nicht daß ich ihr wirklich was schuldig wäre, wenn man's genau nimmt. Sie ist verrückt. Übergeschnappt. Aber eben richtig übergeschnappt, Sie verstehen? Na, wie dem auch sei, sie halten sie nur gegen zehntausend Kaution. Keine Angst, Iggy schnippt sie noch heute abend 'raus – sollte mich nicht wundern, wenn sie schon zu Hause ist.»

Aber sie war es nicht; auch nicht inzwischen gekommen, als ich am nächsten Morgen hinunterging, um den Kater zu füttern. Da ich keinen Schlüssel zur Wohnung hatte, benutzte ich die Feuertreppe und fand Eingang durchs Fenster. Der Kater war im Schlafzimmer und nicht allein – ein Mann war da, über einen Koffer gebückt. Wir beide, jeder den andern für einen Einbrecher haltend, wechselten ungemütlich scharfe Blicke, als ich durch das Fenster hereintrat. Er hatte ein nettes Gesicht, lackierte Haare und sah José ähnlich; überdies enthielt der Koffer, den er gepackt hatte, die Garderobe, die José bei Holly aufbewahrte, die Schuhe und Anzüge, um die sie immer solch ein Wesen gemacht, sie fortwährend zum Reparieren und Reinigen geschleppt hatte. Und ich sagte, sicher, daß es so sei: «Hat Mr. Ybarra-Jaeger Sie geschickt?»

«Ich bin der Vetter», sagte er mit einem vorsichtigen Grinsen und eben durchzuhörendem Akzent.

«Wo ist José?»

Er wiederholte die Frage, als gelte es, sie in eine andere Sprache zu übersetzen. «Ah, *wo* ist sie! Sie warten», sagte er, und indem er mich damit abzufertigen schien, nahm er seine Kammerdienertätigkeit wieder auf.

So — der Diplomat beabsichtigte sich zu drücken. Nun, ich war nicht erstaunt oder im geringsten betrübt. Immerhin, welch gefühlsroher Trick: «Ausgepeitscht sollte er werden.»

Der Vetter lachte albern; ich bin sicher, daß er verstand. Er schloß den Koffer und brachte einen Brief zum Vorschein. «Mein Vetter, sie bitten mich, dies dalassen für seine Freundin. Wollen Sie Gefallen tun?»

Auf dem Umschlag stand gekritzelt: «Für Miss H. Golightly — Durch Boten.»

Ich setzte mich auf Hollys Bett nieder und drückte Hollys Kater an mich, und es tat mir für Holly so bis in alle Fasern leid, wie sie sich selber nur leid tun konnte.

«Ja, ich werde Gefallen tun.»

Und ich tat es — ohne es mir im geringsten zu wünschen. Aber ich hatte nicht den Mut, den Brief zu vernichten, oder die Willenskraft, ihn in der Tasche zu behalten, als Holly ganz vorsichtig vorfühlend sich erkundigte, ob ich, ganz zufällig vielleicht, Nachricht von José hätte. Es war zwei Morgen später, ich saß neben ihrem Bett in einem Raum, der penetrant nach Jod und Bettpfannen roch, einem Krankenhauszimmer. Dort war sie seit dem Abend ihrer Verhaftung gewesen. «Tja, Herzchen», begrüßte sie mich, als ich mich ihr auf Zehenspitzen näherte, in der Hand einen Karton Picayune-Zigaretten und einen radrunden Strauß Herbstveilchen, «ich habe den Stammhalter verloren.» Sie sah aus wie noch nicht ganz zwölf – ihr blaßvanillefarbenes Haar zurückgekämmt, ihre Augen, ausnahmsweise ohne die dunkle Brille, klar wie Regenwasser – man konnte nicht glauben, wie krank sie gewesen war.

Dennoch stimmte es. «Jesus, beinah wär' ich draufgegangen. Das ist kein Unsinn, das fette Weib hätte mich beinah gekriegt. Sie hat einen tollen Wirbel angestellt. Vermutlich werde ich noch gar nicht Zeit gehabt haben, Ihnen von dem fetten Weib zu erzählen. Weil ich ja selber von ihr noch nichts wußte, bis mein Bruder starb. Vom ersten Augenblick an überlegte ich, wo er hin sein könnte, was es zu bedeuten hätte, Freds Sterben, und dann sah ich sie, sie war mit mir da im Zimmer, und sie hatte Fred eingewiegt in ihren Armen, ein fettes ekelhaft gemeines Weibsbild schaukelt sich im Schaukelstuhl mit Fred auf dem Schoß und eine Lache dazu wie Blechmusik. Dieser Hohn! Aber das ist alles, was uns erwartet, mein Junge – diese Komödiantin, die uns 'rumschunkeln will. Verstehen Sie nun, warum ich verrückt geworden bin und alles kaputtgemacht habe?»

Außer dem Anwalt, den O. J. Berman genommen hatte, war ich der einzige Besuch, der ihr erlaubt worden war. Sie teilte das Zimmer mit anderen Patientinnen, einem Trio drilling-ähnlicher Damen, die, während sie mich mit einem nicht unfreundlichen, aber umfassenden Interesse musterten, in geflüstertem Italienisch Betrachtungen anstellten. Holly erklärte das: «Die denken, Sie seien mein Fehltritt, Herzchen. Der Kerl, der mir das angetan hat», und auf den Vorschlag hin, dies klarzustellen, erwiderte sie: «Kann ich nicht. Sie sprechen kein Englisch. Außerdem denke ich nicht daran, ihnen den Spaß zu verderben.» Und hier war es nun, daß sie nach José fragte.

Im Moment, als sie den Brief sah, kniff sie die Augen zusammen und bog die Lippen zu einem kaum merkbaren harten Lächeln, das ihrem Alter nicht abzumessende Jahre hinzufügte. «Herzchen», wies sie mich an, «würden Sie mal dort in die Schublade 'reingreifen und mir meine Tasche geben. Etwas Derartiges liest ein Mädchen nicht unzurechtgemacht.»

Geleitet vom Spiegel in ihrem Necessaire, puderte und malte sie sich jede Spur einer Zwölfjährigen aus dem Gesicht. Sie formte ihre Lippen mit einem Stift, färbte ihre Wangen mit einem andern. Sie zog die Ränder ihrer Augen nach, legte Blau auf die Lider, übersprühte sich den Hals mit 4711; befestigte Perlen an ihren Ohren und setzte sich ihre dunkle Brille auf. Also gewappnet und nach einem mißfälligen Überprüfen des schäbigen Zustands ihrer Maniküre, riß sie den Brief auf und ließ ihre Blicke darüber hineilen, während ihr winziges steinernes Lächeln noch winziger und härter wurde. Schließlich bat sie mich um eine Picayune. Nahm einen Zug: «Schmeckt mies. Aber himmlisch», sagte sie und, indem sie mir den Brief zuwarf: «Kommt Ihnen möglicherweise gut zupaß — wenn Sie je über einen Schuft schreiben wollen. Und nur nicht egoistisch sein: lesen Sie's laut. Ich möchte es selber gern hören.»

Es fing an: «Mein liebstes Mädelchen —»

Gleich unterbrach Holly. Sie wollte wissen, was ich über die Handschrift dächte. Ich dachte nichts — eine enge, höchst lesbare, unauffällige Schrift. «Das ist er bis aufs I-Tüpfelchen. Zugeknöpft und verstopft», erklärte sie. «Weiter.»

«Mein liebstes Mädelchen, ich habe dich geliebt im Bewußtsein, daß du nicht wie andere warst. Aber mache dir einen Begriff von meiner Verzweiflung, da ich in derart brutaler und öffentlicher Form entdecken muß, wie sehr verschieden du von jener Art Frauen bist, die ein Mann meines Glaubens und Berufes zu seinem Weibe zu machen hoffen dürfte. Ich gräme mich fürwahr wegen der Schande deiner derzeitigen Umstände, und ich finde in meinem Herzen keine Verurteilung, die ich der Verurteilung hinzufügen könnte, die dich umgibt. So hoffe ich denn, du findest es nicht in deinem Herzen, mich zu verurteilen. Ich habe meine Familie zu schützen und meinen Namen, und ich bin ein Feigling, wenn es um diese Institutionen geht. Vergiß mich, du schönes Kind. Ich bin nicht mehr hier. Ich bin nach Hause. Möge Gott jedoch stets mit dir und deinem Kinde sein. Möge Gott nicht sein wie — José.»

«Na?»

«In gewisser Weise klingt das ganz ehrlich. Und sogar beinahe rührend.»

«*Rührend?* Dieser schäbige Wicht!»

«Aber schließlich *sagt* er ja, er wäre ein Feigling; und von seinem Standpunkt aus müssen Sie doch einsehen –»

Indessen wollte Holly nicht zugeben, daß sie einsah; ihr Gesicht jedoch gestand es zu, ungeachtet seiner kosmetischen Maske. «Na schön, er ist also nicht ohne Grund ein Schuft. Ein überlebensgroßer King-Kong-Schuft wie Rusty. Oder Benny Shacklett. Aber ach, lieber Gott, verflucht nochmal», sagte sie und preßte sich die Faust in den Mund wie ein jammerndes Baby, «ich hatte ihn doch lieb. Den Schuft.»

Das italienische Trio vermutete eine Liebeskrise, und indem sie die Schuld an Hollys Stöhnen dort suchten, wo sie ihrer Meinung nach hingehörte, klickten sie vorwurfsvoll ihre Zungen über mich. Ich war geschmeichelt – stolz, daß irgend jemand denken konnte, Holly mache sich was aus mir. Sie wurde ruhiger, als ich ihr eine zweite Zigarette anbot. Sie schluckte und sagte: «Schönsten Dank, Junge. Und Dank vor allem, daß Sie solch ein schlechter Reiter sind. Wenn ich nicht Heilsarmee hätte spielen müssen, stände mir noch der Fraß in einem Heim für ledige Mütter bevor. Sportliche Überanstrengung, das schaffte die Geschichte. Aber ich habe *la merde* in dem ganzen Blechmarkenladen alarmiert, weil ich behauptet habe, es sei wegen Miss Schwulibu, die mich gehauen hat. Ja, ja, mein Lieber, ich kann die schon wegen allerlei belangen, einschließlich der unrechtmäßigen Verhaftung.»

Bis dahin hatten wir die Erwähnung ihrer unheildrohenden Kümmernisse umgangen, und diese scherzend hingeworfene Bemerkung wirkte erschreckend, erschütternd, so deutlich enthüllte sie, wie unfähig sie war, die rauhe Wirklichkeit vor sich zu erkennen. «Hören Sie, Holly», sagte ich und dachte: sei stark, gereift, ein Onkel. «Hören Sie, Holly. Wir können das nicht als Witz behandeln. Wir müssen Wege suchen.»

«Sie sind zu jung, um sich derart aufzuplustern. Noch viel zu klein. Übrigens: was geht's Sie an?»

«Nichts. Außer daß ich Ihr Freund und in Sorge bin. Ich möchte wissen, was Sie vorhaben.»

Sie rieb sich die Nase und konzentrierte ihren Blick auf die Decke. «Heute ist Mittwoch, nicht wahr? Also gedenke ich erst mal bis zum Samstag zu schlafen, so ein richtiges gutes Ausgeschlafe. Samstag früh enthopse ich hier, heraus zur Bank. Dann gehe ich kurz in der Wohnung vorbei und hole mir ein, zwei Nachthemden und mein Mainbochermodell. Daraufhin werde ich mich in Idlewild melden, wo, wie Sie ja verdammt gut wissen, ein außerordentlich prächtiger Platz in einem außerordentlich prächtigen Flugzeug für mich reserviert ist. Und da Sie ja nun solch ein Freund sind, erlaube ich Ihnen, Abschied zu winken. *Bitte* hören Sie auf mit dem Kopfschütteln.»

«Holly. Holly. Das können Sie nicht machen.»

«*Et pourquoi pas?* Ich will nicht etwa José nachrennen, falls Sie das annehmen sollten. Meiner Einwohnermeldeliste nach ist der ein für allemal in der Hölle beheimatet. Nur: warum sollte ich ein so außerordentlich prächtiges Flugbillet verfallen lassen? Wo es bereits bezahlt ist? Außerdem bin ich noch nie in Brasilien gewesen.»

«Was für Medikamente haben die Ihnen hier eigentlich eingegeben? Sind Sie sich denn nicht klar darüber, daß Sie unter Strafanklage stehen? Wenn Sie geklappt werden beim Ausbüchsen, schmeißen die endgültig ihren Zellenschlüssel weg. Selbst wenn Sie es schaffen würden, könnten Sie doch niemals wieder nach Hause kommen.»

«Schön und gut, gestrenge Mutterbrust. Immerhin: Zu Hause ist man, wo man sich zu Hause fühlt. Danach such' ich noch.»

«Nein, Holly, das wäre idiotisch. Sie sind unschuldig. Sie müssen ganz einfach durchhalten.»

Sie sagte: «Täterätä, Täterätä» und pustete mir Rauch ins Gesicht. Eindruck gemacht hatte es ihr indessen; ihre Augen erblickten genau wie die meinen, weitaufgerissen unselige Visionen: vergitterte Räume, Stahlkorridore mit Türen, die sich eine nach der anderen schlossen. «Ach, hören wir auf damit», sagte sie und drückte ihre Zigarette aus. «Ich habe durchaus die Chance, daß man mich *nicht* kriegen wird. Vorausgesetzt, Sie halten Ihre *bouche fermée.* Schauen Sie: verachten Sie mich doch nicht deswegen, Herzchen.» Sie legte ihre Hand über die meine und preßte sie mit unversehens überwältigender Aufrichtigkeit. «Ich hab' keine große Wahl. Ich habe es mit meinem Anwalt besprochen – oh, natürlich habe ich *dem* nichts *re* Rio erzählt – der würde den Polypen selber den Tip geben aus lauter Angst, sein Honorar zu verlieren, ganz zu schweigen von den Nickeln, die O. J. als Kaution gestellt hat. Gott segne O. J.s gute Seele, aber einmal habe ich ihm drüben in Hollywood dazu verholfen, daß er mehr als zehntausend mit einem einzigen Schlage beim Poker gewonnen hat — wir sind also glatt. Nein, die eigentliche Geschichte ist die: alles, was die Polypen von mir wollen, sind ein paar ungehinderte lohnende Zugriffe und meine Hilfe als Zeugin der Anklage gegen Sally — niemand hat auch nur die Absicht, gegen mich vorzugehen, denn sie hätten nicht den Schatten einer Möglichkeit dafür. Nun mag ich ja bis ins Mark verdorben sein, mein Lieber, *aber* — einen Freund belasten tue ich nicht. Nicht mal, wenn sie bewiesen, daß er Florence Nightingale süchtig gemacht hat. Mein Maßstab ist, wie jemand mich behandelt, und der gute Sally — schön, er war nicht hundertprozentig ehrlich mit mir, sagen wir: er hat mich ein ganz klein bißchen ausgenutzt, trotzdem aber ist Sally grundrichtig, und ich ließe mich eher von dem fetten Weibsstück packen, als daß ich den Kerlen beim Gericht helfen würde, ihn festzunageln.» Indem sie ihren Necessairespiegel schräg über ihr Gesicht hielt, wischte sie mit leichtgekrümmtem kleinem Finger glättend über ihr Lippenrot und sagte: «Und um ehrlich zu sein, ist das nicht ganz alles. Es gibt gewisse Schattierungen von Scheinwerferlicht, die einem Mädchen den Teint verderben. Selbst wenn das Gericht mir jetzt das Große Verwundetenabzeichen für Tapferkeit vor dem Feinde verleihen würde, hat diese Gegend hier keine Zukunft mehr für mich bereit — die würden trotzdem überall, vom La Rue bis Perona's Bar und Grillroom, die Absperrstricke vorgezogen haben — verlassen Sie sich darauf, ich wäre dort genau so willkommen wie etwa Mr. Frank E. Campbell. Und wenn Sie von meinen speziellen Talenten leben würden, Schätzchen, verstünden Sie die Sorte Bankrott, von der ich rede. Puh, ich schätze nun mal keinen Aktschluß, bei dem ich mich im Roseland-Rummelpark von irgendwelchen Hinterwäldlern herumbumsen lassen müßte, bis das Licht aus ist. Während die vortreffliche Madame Trawler ihre ganze Schamlosigkeit bei Tiffany 'rein und 'raus tänzeln läßt. Das könnte ich nicht aushalten. Da wäre mir das fette Weib allemal lieber.»

Eine Schwester, die leisen Trittes ins Zimmer kam, meldete, daß die Besuchszeit vorüber sei. Holly wollte sich beklagen, was kurz abgeschnitten wurde, indem man ihr ein Thermometer in den Mund stopfte. Doch als ich mich verabschiedete, entstöpselte sie sich nochmals, um zu sagen: «Tun Sie mir einen Gefallen, Herzchen. Rufen Sie die *Times* an oder wen Sie sonst mögen, und lassen Sie sich eine Liste der fünfzig reichsten Männer von Brasilien geben. Das ist *kein* Witz. Die fünfzig reichsten, ohne Rücksicht auf Rasse oder Hautfarbe. Und noch ein Gefallen: durchstöbern Sie meine Wohnung, bis Sie die Medaille finden, die Sie mir mal geschenkt haben. Den Sankt Christophorus. Den werd' ich brauchen auf der Reise.»

Rot war der Himmel am Freitagabend, es donnerte, und der Samstag, der Abreisetag, übermannte die Stadt mit schauerartigen Regengüssen. Haifische hätten durch die Luft schwimmen mögen, wenngleich es unwahrscheinlich schien, daß ein Flugzeug hindurchdringen konnte.

Holly jedoch, die meine fröhliche Überzeugung, daß ihre Flucht nicht gelingen würde, als unbegründet abwies, fuhr mit ihren Vorbereitungen fort – wobei sie, das muß ich sagen, mir die Hauptlast aufbürdete. Denn sie hatte sich entschieden, daß es unklug von ihr wäre, sich dem Backsteinhaus zu nähern. Und das auch sehr zu Recht – es stand unter Beobachtung, ob durch die Polizei oder Reporter oder sonstige interessierte Personen, war nicht zu sagen – nichts als ein Mann, Männer manchmal, in der Gegend der Vorhalle herumlungernd. So war sie vom Krankenhaus zu einer Bank und dann geradeswegs in Joe Bells Wirtschaft gegangen. «Sie schätzt, daß man ihr nicht nachgegangen ist», berichtete Joc Bcll, als er mit einer Nachricht kam, daß Holly mich dort so bald wie irgend möglich sehen wolle, längstens in einer halben Stunde, und mitbringend: «Ihren Schmuck. Ihre Gitarre. Zahnbürsten und so Zeug. Und eine Flasche hundertjährigen Kognak – sie sagt, Sie würden ihn zuunterst im Korb mit der schmutzigen Wäsche versteckt finden. Ja, ach und den Kater. Sie möchte den Kater. Aber zum Teufel», sagte er, «ich weiß nicht, ob wir ihr überhaupt helfen sollten. Sie müßte vor sich selber geschützt werden. Mir persönlich, mir ist danach, der Polente Bescheid zu sagen. Vielleicht, wenn ich jetzt zurückgehe und ihr ein paar Drinks zusammenbraue, vielleicht kann ich sie betrunken genug machen, um alles abzublasen.»

Stolpernd und glitschend die Feuertreppe zwischen Hollys Wohnung und der meinen 'rauf und 'runter, vom Wind zerblasen und atemlos und naß bis auf die Knochen (bis auf die Knochen zerkratzt zudem, weil der Kater den Abtransport nicht mit Wohlwollen betrachtet hatte, zumal nicht in solch unfreundlichem Wetter), gelang mir ein hastiges, erstklassiges Stück Arbeit beim Zusammentragen ihrer Abreise-Habseligkeiten. Ich fand sogar die Christophorus-Medaille. Alles war auf dem Fußboden meines Zimmers übereinandergetürmt, eine eindrucksvolle Pyramide von Büstenhaltern, Tanzschuhen und hübschen Dingen, die ich in Hollys einzigen Koffer packte. Es blieb eine Masse übrig, was ich in Tüten stecken mußte. Ich wußte nicht, wie ich den Kater tragen sollte, bis ich auf den Gedanken kam, ihn in einen Kissenbezug zu stopfen.

Unwichtig warum, doch einmal wanderte ich von New Orleans bis Nancys Landing am Mississippi, nahezu neunhundert Kilometer. Das war ein unbeschwerter Spaß im Vergleich zu dem Weg bis zu Joe Bells Wirtschaft. Die Gitarre füllte sich mit Regen. Regen weichte die Papiertüten auf, die Tüten platzten und Parfüm ergoß sich auf das Pflaster, Perlen rollten in den Rinnstein — während der Wind mich stieß und der Kater kratzte, der Kater kreischte — doch schlimmer noch: ich hatte Angst, war ein Feigling gleich José — diese tobenden Straßen schienen von unsichtbar Anwesenden zu wimmeln, die darauf warteten, mich zu schnappen, einzusperren, weil ich einer Geächteten half.

Die Geächtete sagte: «Reichlich spät, mein Junge. Haben Sie den Kognak?»

Und der Kater sprang befreit empor und nestelte sich auf ihrer Schulter zurecht — sein Schwanz ging hin und her wie ein Taktstock bei feurigbesessener Musik. Auch Holly schien von Melodien besessen, irgendeinem frischen *bon voyage*-Hmtata. Während sie den Kognak aufmachte, sagte sie: «Das sollte ein Stück in meiner Aussteuertruhe sein. Es war so gedacht, daß wir an jedem Jahrestag einen heben würden. Gott sei Dank habe ich die Truhe nie gekauft. Mr. Bell, mein Herr, drei Gläser.»

«Sie werden nur zwei brauchen», erklärte er ihr. «Ich trinke nicht auf Ihre Narrheit.»

Je mehr sie ihn zu verführen suchte («Oh, Mr. Bell. Die Dame entschwindet nicht alle Tage. Wollen Sie nicht auf sie anstoßen?»), desto barscher wurde er: «Ich will nichts damit zu tun haben. Wenn Sie zum Teufel gehen wollen, dann auf eigene Verantwortung. Ohne weitere Hilfe von mir.» Eine unrichtige Feststellung — weil Sekunden, nachdem er sie von sich gegeben, ein geschlossener Wagen mit Chauffeur vor der Wirtschaft vorfuhr, und Holly, die ihn zuerst bemerkte, ihren Kognak niedersetzte und die Brauen hochzog, als erwarte sie, den Distrikt Attorney persönlich aussteigen zu sehen. So auch ich. Und als ich Joe Bell rot werden sah, mußte ich denken: bei Gott, er hat *doch* die Polizei gerufen. Und dann verkündete er mit feuerroten Ohren: «Das ist nichts weiter. Ein Carey-Cadillac. Habe ihn gemietet. Soll Sie zum Flughafen bringen.»

Er drehte uns den Rücken, um an einem seiner Blumensträuße herumzuwirtschaften. Holly sagte: «Lieber, rührender Mr. Bell. Schauen Sie mich an, mein Herr.»

Er wollte nicht. Er zerrte die Blumen aus der Vase und warf sie ihr zu, sie verfehlten ihr Ziel, landeten verstreut auf dem Boden. «Adieu», sagte er und lief auf «Für Herren» zu, als müsse er sich übergeben. Wir hörten das Schloß einschnappen.

Der Chauffeur von Careys Autovermietung war ein welterfahrener Mann, nahm unser schlampiges Gepäck äußerst höflich entgegen und behielt sein steinernes Gesicht, als Holly, während die Limousine durch nachlassenden Regen den Außenbezirken der Stadt zufuhr, ihre Sachen auszog, das Reitkostüm, das auszuwechseln sie noch keinerlei Gelegenheit gehabt hatte, und sich in ihr schmales schwarzes Kleid mühte. Wir sprachen nicht — sprechen hätte auch nur zu einem Streit führen können, und Holly schien zudem allzu nachdenklich für eine Unterhaltung. Sie summte vor sich hin, kippte Kognak und beugte sich ständig vor, um aus dem Fenster zu spähen, als forsche sie nach einer Adresse — oder, schloß ich, nehme letzte Eindrücke eines Schauplatzes mit, an den sie sich zu erinnern wünschte. Es war keins von beidem. Sondern dies: «Halten Sie hier», befahl sie dem Fahrer, und wir stoppten an der Bordkante einer Straße in Spanisch-Harlem. Eine wüste, eine grelle, eine finstere Gegend, mit Filmstarplakaten und Madonnen bekränzt. Bürgersteig-Abfall aus Obstschalen und verrotteten Zeitungen wurde vom Wind herumgewirbelt, denn der Wind brauste noch daher, wenn auch der Regen sich beruhigt hatte und hie und da Blau am Himmel durchbrach.

Holly stieg aus dem Wagen, sie nahm den Kater mit. Ihn eingewiegt im Arm haltend, kraulte sie seinen Kopf und fragte: «Was meinst du? Dies sollte genau die richtige Stelle sein für einen Kerl wie dich. Müllkisten. Ratten in rauhen Mengen. Reichlich genug Katergenossen zum Herumstreunen. Also zieh los», sagte sie und ließ ihn fallen, und als er sich nicht wegrührte, sondern seine Raufboldvisage hob und sie aus gelben Piratenaugen fragend anschaute, stampfte sie mit dem Fuß: «Scher dich weg, hab' ich gesagt!» Er rieb sich an ihrem Bein. «Hau ab, du Scheißvieh!» schrie sie, sprang in den Wagen, haute die Tür hinter sich zu und: «Los!» befahl sie dem Fahrer. «Los. Los!»

Ich war wie vor den Kopf geschlagen. «Na, Sie sind ja. Ein Biest sind Sie.»

Wir waren schon an der nächsten Querstraße, ehe sie erwiderte: «Ich habe es Ihnen doch gesagt. Wir sind uns am Fluß drüben nur so begegnet – mehr war nicht. Vogelfreie, alle beide. Wir haben einander nie irgendwelche Versprechungen gemacht. Wir haben nie –» sagte sie und die Stimme versagte ihr, ein Zucken, eine krampfhafte Blässe bemächtigten sich ihres Gesichts. Der Wagen hielt vor einer Verkehrsampel. Da hatte sie die Tür offen, lief die Straße hinunter, und ich rannte hinterher.

Aber der Kater war nicht an der Ecke, wo sie ihn gelassen hatte. Nichts und niemand war auf der Straße außer einem pissenden Betrunkenen und zwei Negernonnen, die einen Trupp lieblichsingender Kinder hüteten. Andere Kinder tauchten aus Torwegen auf und Frauen lehnten sich über ihre Fensterbrüstungen, als Holly den Block hinauf- und herunterschoß, vor- und zurückrannte, lockend: «Du Kater. Wo bist du. Hier, Kater.» Sie hörte nicht auf, bis ein beulenbedeckter Junge daherkam, der ein altes Katervieh baumelnd am Genick gepackt hielt: «Sie möchten 'n hübsches Kätzchen, Miss? Gebense 'n Dollar.»

Die Limousine war uns nachgefahren. Jetzt ließ Holly sich von mir draufzusteuern. An der Tür zögerte sie, blickte an mir vorbei, an dem Jungen vorbei, der noch immer seine Katze ausbot («Halben Dollar. Oder vier Cents? Vier Cents sin' doch nich viel»), und sie schauderte, sie mußte nach meinem Arm fassen, um nicht umzukippen: «O mein Gott. Wir gehörten doch zusammen. Er war mein.»

Da gab ich ihr ein Versprechen, ich sagte, daß ich zurückkehren und ihren Kater finden würde: «Ich werde mich auch um ihn kümmern. Mein Wort drauf.»

Sie lächelte – dies freudlose neue, gezwungene Lächeln. «Aber was wird aus mir?» sagte sie flüsternd und erschauerte wieder. «Ich fürchte mich so, mein Junge. Ja, endlich. Weil das ewig so weitergehen kann. Nicht wissen, was einem gehört, bis man es weggeworfen hat. Das rote Grausen, das ist gar nichts. Das fette Weib, gar nichts. Dies jedoch – mir ist der Mund so trocken, daß ich nicht spucken könnte und wenn mein Leben davon abhinge.» Sie stieg in den Wagen, sank auf den Sitz. «Entschuldigen Sie, Fahrer. Es kann weitergehen.»

TOMATOS TOMATE VERSCHWUNDEN.

Und:

RAUSCHGIFTSCHMUGGEL — SCHAUSPIELERIN MÖGLICHES OPFER DER GANGSTER.

Nach gehöriger Zeit jedoch berichtete die Presse:

FLÜCHTIGE SCHÖNE NACH RIO ENTKOMMEN.

Anscheinend wurde von den Behörden keinerlei Versuch unternommen, sie zurückzuholen, und bald schrumpfte die Angelegenheit zu gelegentlicher Erwähnung in den Klatschspalten zusammen. Als Meldung wurde sie nur noch einmal wieder aufgebracht: am Weihnachtstag, als Sally Tomato an einem Herzanfall in Sing-Sing starb. Monate vergingen, ein Winter wurde aus ihnen, und von Holly kein Wort. Der Besitzer des Backsteinhauses verkaufte ihr zurückgelassenes Eigentum, das weißseidene Bett, den Gobelin, ihre kostbaren gotischen Lehnstühle; ein neuer Mieter bezog die Wohnung, sein Name war Quaintance Smith, und er sah ebensoviel Herrenbesuche von lärmender Wesensart bei sich wie Holly jemals gehabt hatte, obgleich in diesem Falle Madame Spanella nichts dagegen hatte, tatsächlich himmelte sie den jungen Mann an und sorgte für Filet mignon, wann immer er ein blaues Auge hatte, weil ihr das alte Hausmittel des Beefsteaks zu armselig für ihn schien. Doch im Frühjahr kam eine Postkarte — sie war mit Bleistift gekritzelt und mit einem Lippenstiftkuß gezeichnet: *Brasilien war scheußlich, aber Buenos Aires ganz groß. Nicht Tiffany, aber fast. Bin hüftenwärts mit himmlischem Senor verbunden. Liebe? Ich glaube. Sehe mich jedenfalls nach was zum Wohnen um (Senor hat Frau und sieben Bälger) und lasse Sie Adresse wissen, sobald ich selber weiß. Mille tendresse.* Aber die Adresse, falls sie es je gegeben, wurde nie geschickt, was mich tief betrübte. Da war so vieles, was ich ihr schreiben wollte: daß ich zwei Geschichten *verkauft* hatte, gelesen, wo die Trawlers gegeneinander auf Scheidung klagten, und aus dem Backsteinhaus auszog, weil dort Gespenster umgingen. Aber vor allem wollte ich ihr von ihrem Kater berichten. Ich hatte mein Versprechen gehalten, ich hatte ihn gefunden. Wochen des Nach-der-Arbeit-Umherstreifens durch diese Spanisch-Harlemer Straßen brauchte es, und es gab viele falsche Alarme — Aufblitzen tigergestreiften Felles, das, bei näherer Besichtigung, nicht er war. Doch eines Tages, an einem kalten, sonnigen Wintersonntagnachmittag, war er's. Seitlich Topfpflanzen und eingerahmt von sauberen Spitzengardinen, saß er im Fenster eines warm-aussehenden Zimmers — ich überlegte, was wohl sein Name war, denn ich war sicher, daß er jetzt einen hatte, sicher, daß er irgendwo angekommen war, wohin er gehörte. Afrikanische Hütte oder was auch immer, ich hoffe, Holly auch.

Das Blumenhaus

Ottilie hätte eigentlich das glücklichste Mädchen in Port-au-Prince sein müssen. Das sagte auch Baby zu ihr: «Denk doch nur an all das Gute, das du hast.»

«Was denn?» sagte Ottilie, denn sie war eitel und Komplimente waren ihr noch lieber als Fleisch oder Parfüm. «Zum Beispiel wie du aussiehst», sagte Baby. «Du hast eine wunderschöne helle Haut, sogar fast blaue Augen, und so ein hübsches, reizendes Gesicht – kein Mädchen, das auf die Straße geht, hat treuere Kunden, und jeder einzelne von ihnen ist bereit, dir so viel Bier zu kaufen, wie du nur trinken kannst.» Ottilie gab zu, daß es wahr sei, und fuhr fort, ihre Schätze zusammenzuzählen: «Ich habe fünf Seidenkleider und ein Paar grüne Satinschuhe; ich habe drei Goldzähne, die dreißigtausend Francs wert sind, und vielleicht schenkt mir Mr. Jamison oder ein anderer noch ein Armband. Aber, Baby», seufzte sie und konnte nicht sagen, warum sie so unzufrieden war.

Baby war ihre beste Freundin; sie hatte noch eine Freundin: Rosita. Baby war rund und kam angerollt wie ein Rad; auf einigen ihrer dicken Finger hatten falsche Ringe grüne Reifen hinterlassen, ihre Zähne waren dunkel wie verbrannte Baumstümpfe, und wenn sie lachte, konnte man sie noch auf der See draußen hören, zumindest behaupteten das die Matrosen. Rosita, die andere Freundin, war größer als die meisten Männer und auch stärker. Am Abend, wenn sie die Kunden erwartete, trippelte sie geziert herum und lispelte mit einer einfältigen Kinderstimme, aber tagsüber machte sie lange, ausgreifende Schritte und sprach in einem militärischen Bariton. Beide Freundinnen von Ottilie kamen aus der Dominikanischen Republik und hielten diese Tatsache für Grund genug, sich über die Eingeborenen dieses dunkleren Landes ein wenig erhaben zu fühlen. Es machte ihnen nichts aus, daß Ottilie eine Eingeborene war. «Du hast Köpfchen», sagte Baby zu ihr, und tatsächlich war Klugheit das einzige, wofür Baby schwärmte. Ottilie hatte oft Angst, daß ihre Freundinnen entdecken würden, daß sie weder lesen noch schreiben konnte.

Das Haus, in dem sie lebten und arbeiteten, war wackelig, so schmal wie ein Turm und mit zierlichen Balkonen bedeckt, die mit Bougainvillea bewachsen waren. Obwohl außen kein Schild angebracht war, wurde es das Champs Elysées genannt. Die Besitzerin, eine altjüngferliche, gebrechlich aussehende Kranke, regierte von einem oben gelegenen Zimmer aus, wo sie sich einschloß, in einem Schaukelstuhl schaukelte und zehn bis zwanzig Coca-Colas im Tag trank. Insgesamt hatte sie acht Damen, die für sie arbeiteten; Ottilie ausgenommen, war keine unter dreißig. Am Abend, wenn sich die Damen auf der Veranda versammelten, wo sie plauderten und mit Papierfächern wedelten, die wie trunkene Falter in der Luft flatterten, sah Ottilie aus wie ein entzückendes, verträumtes Kind inmitten älterer, häßlicherer Schwestern.

Ihre Mutter war tot, ihr Vater, ein Pflanzer, war nach Frankreich zurückgekehrt, und sie war in den Bergen von einer derben Bauernfamilie aufgezogen worden. Jeder der Söhne hatte mit ihr in sehr jungen Jahren an irgendeinem grünen, schattigen Platz geschlafen. Vor drei Jahren, als sie vierzehn gewesen, war sie zum erstenmal zum Markt nach Port-au-Prince heruntergekommen. Die Reise dauerte zwei Tage und eine Nacht, und sie war zu Fuß gegangen und hatte einen zehn Pfund schweren Sack Getreide getragen. Um die Last zu verringern, hatte sie ein wenig Getreide herausfließen lassen, und dann noch ein wenig, und als sie den Markt erreicht hatte, war fast keines mehr übrig gewesen. Ottilie hatte geweint, weil sie daran dachte, wie zornig die Familie sein würde, wenn sie ohne das Geld für das Getreide heimkäme, aber ihre Tränen flossen nicht lange: ein so lustiger, netter Mann half ihr sie zu trocknen. Er kaufte ihr eine Schnitte Kokosnuß und brachte sie zu seiner Kusine, der Besitzerin des Champs Elysées. Ottilie konnte ihr Glück gar nicht fassen; die Musik aus dem Spielautomaten, die Satinschuhe und die scherzenden Männer waren so neu und wunderbar wie die elektrische Glühbirne in ihrem Zimmer, die ein- und auszuknipsen sie nicht müde wurde. Bald wurde von allen Straßenmädchen über sie am meisten gesprochen, und die Besitzerin konnte für sie den doppelten Preis verlangen, und Ottilie wurde eitel. Sie konnte sich stundenlang vor einem Spiegel drehen. Selten nur dachte sie an die Berge; und doch war nach drei Jahren immer noch viel von den Bergen in ihr: immer noch schien der Bergwind um sie zu wehen, und ihre harten, hohen Hüften waren nicht weich geworden, ebensowenig wie ihre Fußsohlen, die so rauh waren wie die Haut einer Eidechse.

Wenn ihre Freundinnen von der Liebe und von Männern, die sie geliebt hatten, sprachen, wurde Ottilie verdrießlich. «Was hat man für ein Gefühl, wenn man liebt?» fragte sie. «Ah», sagte Rosita mit einem Blick, als vergingen ihr die Sinne, «man hat ein Gefühl, als sei einem Pfeffer aufs Herz gestreut worden, als schwämmen in den Adern winzige Fische.» Ottilie schüttelte den Kopf; wenn Rosita die Wahrheit sagte, dann hatte sie noch nie geliebt, denn sie hatte noch bei keinem der Männer, die in das Haus kamen, ein solches Gefühl gehabt. Sie machte sich darüber so viele Gedanken, daß sie zuletzt zu einem *Houngan* ging, der in den Hügeln oberhalb der Stadt wohnte. Im Gegensatz zu ihren Freundinnen hängte Ottilie keine christlichen Bilder an die Wände ihres Zimmers; sie glaubte nicht an Gott, sondern an viele Götter: Götter der Nahrung, des Lichtes, des Todes, des Verderbens. Der Houngan stand mit diesen Göttern in Verbindung; er verwahrte ihre Geheimnisse auf seinem Altar, konnte im Klappern eines Kürbisses ihre Stimmen hören, konnte ihre Kraft in einem Trank austeilen. Im Namen der Götter gab er ihr folgende Botschaft: «Du mußt eine wilde Biene fangen», sagte er, «und sie in deiner geschlossenen Hand halten... wenn die Biene nicht sticht, dann weißt du, daß du die Liebe gefunden hast.»

Auf dem Heimweg dachte sie an Mr. Jamison. Er war ein Mann über fünfzig, ein Amerikaner, der mit irgendeinem technischen Projekt zu tun hatte. Die goldenen Armbänder, die an ihren Handgelenken klimperten, waren Geschenke von ihm, und als Ottilie an einem Zaun vorbeiging, der mit Geißblatt bewachsen war, fragte sie sich, ob sie nicht vielleicht doch Mr. Jamison liebe. Schwarze Bienen hingen am Geißblatt. Mit einer mutigen Handbewegung fing sie eine, die gerade schlummerte. Ihr Stich war wie ein Schlag, der sie in die Knie zwang; und da kniete sie und weinte, bis es schwer war zu sagen, ob die Biene sie in die Hand oder in die Augen gestochen hatte.

Es war März und ging schon auf den Karneval zu. Im Champs Elysées nähten die Damen an ihren Kostümen; Ottilies Hände waren müßig, denn sie hatte beschlossen, überhaupt kein Kostüm zu tragen. An turbulenten Wochenenden, wenn die Trommeln zum aufgehenden Mond emporklangen, saß sie an ihrem Fenster und sah zerstreut den kleinen Gruppen von Sängern zu, die die Straße entlang tanzten und trommelten; sie horchte auf das Pfeifen und das Lachen und hatte keine Lust mitzumachen. «Man könnte meinen, du seiest tausend Jahre alt», sagte Baby, und Rosita sagte: «Ottilie, warum kommst du nicht mit uns zu den Hahnenkämpfen?»

Sie sprach nicht von einem gewöhnlichen Hahnenkampf. Aus allen Teilen der Insel waren Teilnehmer eingetroffen und hatten ihre wildesten Vögel mitgebracht. Ottilie fand, sie könne eigentlich mitgehen, und schraubte ein Paar Perlen an ihre Ohren. Als sie hinkamen, war der Wettkampf bereits im Gange; in einem großen Zelt schluchzte und brüllte eine riesige Menschenmenge, während sich eine zweite Menge, diejenigen, die nicht hineinkommen konnten, draußen drängte. Für die Damen vom Champs Elysées war es kein Problem, hineinzukommen: ein befreundeter Polizist bahnte ihnen den Weg und machte für sie einen Platz auf einer Bank am Ring frei. Die Leute vom Lande, die um sie herum saßen, schienen verlegen zu sein, daß sie in so vornehme Gesellschaft geraten waren. Sie warfen scheue Blicke auf Babys lackierte Fingernägel, auf die kristallbesetzten Kämme in Rositas Haar und auf Ottilies schimmernde Perlenohrringe. Die Kämpfe waren jedoch spannend, und bald waren die Damen vergessen; Baby ärgerte sich darüber und ließ ihre Blicke auf der Suche nach Augen, die in ihre Richtung blickten, umherschweifen. Plötzlich stieß sie Ottilie an. «Ottilie», sagte sie, «du hast einen Bewunderer. Siehst du den Jungen da drüben, er starrt dich an, als wärst du etwas Kühles zu trinken.»

Zuerst dachte sie, es müsse ein Bekannter sein, weil er sie ansah, als sollte sie ihn wiedererkennen; aber wie konnte sie ihn denn kennen, wenn sie noch niemals jemanden gekannt hatte, der so schön war, der so lange Beine und kleine Ohren hatte? Sie konnte sehen, daß er aus den Bergen kam, sie sah es an seinem Strohhut und dem verschossenen Blau seines groben Hemdes. Seine Haut war braungelb, glänzend wie eine Zitrone und glatt wie ein Guavenblatt, und die Haltung seines Kopfes war so stolz wie der schwarze und scharlachrote Vogel, den er in den Händen hielt. Ottilie war es gewohnt, die Männer frech anzulächeln; aber jetzt war ihr Lächeln bruchstückhaft, es hing an ihren Lippen wie Kuchenkrümel.

Schließlich kam eine Pause. Die Arena wurde frei gemacht und alle, die konnten, drängten sich hinauf, um zu tanzen und zu stampfen, während ein Orchester aus Trommeln und Saiteninstrumenten Karnevalslieder spielte. In diesem Augenblick näherte sich der junge Mann Ottilie; sie lachte, als sie sah, wie sein Vogel wie ein Papagei auf seiner Schulter hockte. «Verschwind», sagte Baby, die empört war, daß ein Bauer Ottilie zum Tanzen aufforderte, und Rosita erhob sich drohend, um sich zwischen den jungen Mann und ihre Freundin zu stellen. Er lächelte nur und sagte: «Bitte, gnädige Frau, ich möchte gerne mit Ihrer Tochter sprechen.» Ottilie fühlte, wie sie hochgehoben wurde, fühlte, wie sich ihre Hüften im Takt der Musik an seine Hüften schmiegten, und es machte ihr gar nichts aus. Sie ließ sich von ihm in das dichteste Gedränge der Tanzenden führen. Rosita sagte: «Hast du das gehört, er dachte, ich sei ihre Mutter?» Und Baby tröstete sie und sagte finster: «Was kann man denn schließlich von ihnen erwarten? Sie sind doch nur Eingeborene, alle beide. Wenn sie zurückkommt, tun wir einfach so, als würden wir sie nicht kennen.»

Ottilie aber kam nicht zu ihren Freundinnen zurück. Royal, so hieß der junge Mann, Royal Bonaparte, wie er ihr sagte, hatte nicht tanzen wollen. «Wir müssen an einen stillen Platz gehen», sagte er, «nimm meine Hand, und ich führe dich.» Sie fand ihn seltsam, hatte bei ihm aber kein fremdes Gefühl, denn in ihr waren immer noch die Berge, und er kam aus den Bergen. Während der schillernde Vogel auf seiner Schulter schwankte, verließen sie Hand in Hand das Zelt und wanderten langsam die weiße Straße entlang, dann über einen weichen Weg, wo Sonnenvögel durch die grünen, schräggeneigten Akazienbäume flatterten.

«Ich bin traurig», sagte er und sah dabei nicht traurig aus. «In meinem Dorf ist Juno ein Champion, aber die Vögel hier sind stark und häßlich, und wenn ich ihn kämpfen ließe, hätte ich nur einen toten Juno. So werde ich ihn nach Hause nehmen und sagen, er habe gewonnen. Ottilie, willst du eine Prise nehmen?»

Sie schnupfte genießerisch. Schnupftabak erinnerte sie an ihre Kindheit, und obwohl diese Jahre schlimm gewesen waren, berührte sie doch das Heimweh mit seinem weitreichenden Zauberstab. «Royal», sagte sie, «bleib einen Augenblick stehen, ich möchte meine Schuhe ausziehen.»

Royal selbst hatte keine Schuhe; seine goldfarbenen Füße waren schlank und zierlich, und die Spuren, die sie hinterließen, waren wie die Fährte eines grazilen Tieres. Er sagte: «Wie kommt es, daß ich dich hier finde, ausgerechnet hier, wo nichts gut ist, wo der Rum schlecht ist und die Leute Diebe sind? Wieso finde ich dich hier, Ottilie?»

«Weil ich leben muß, so wie du, und hier ist ein Platz für mich. Ich arbeite in einem – oh, einer Art Hotel.»

«Wir haben unser eigenes Land», sagte er. «Den ganzen Hang eines Berges, und am Gipfel dieses Berges ist mein kühles Haus. Ottilie, willst du kommen und darinnen sitzen?»

«Verrückt», neckte ihn Ottilie, «verrückt», und sie lief zwischen den Bäumen, und er lief ihr nach und streckte die Arme aus, als hielte er ein Netz. Der Vogel Juno breitete seine Flügel aus, krähte und flog auf die Erde. Kratzige Blätter und pelziges Moos kitzelten Ottilies Fußsohlen, als sie sich durch die Schatten schlängelte; plötzlich ließ sie sich mit einem Dorn in der Ferse in ein Dickicht aus Regenbogenfarn fallen. Sie zuckte, als Royal den Dorn herauszog; er küßte die Stelle, an der er gewesen war, seine Lippen wanderten zu ihren Händen, ihrem Hals, und es war, als wäre sie zwischen schwebenden Blättern. Sie atmete seinen Duft ein, den dunklen, sauberen Duft, der an Wurzeln erinnerte, an Wurzeln von Geranien, von mächtigen Bäumen.

«Jetzt ist es genug», bat sie, obwohl sie nicht das Gefühl hatte, als sei es wirklich genug: es war nur, daß nach einer Stunde mit ihm ihr Herz am Zerspringen war. Er war daraufhin still. Sein Kopf, dessen Haar sie kitzelte, ruhte über ihrem Herzen, und sie sagte schhhh zu den Schnaken, die um seine schlafenden Augen schwärmten, und pssst zu Juno, der herumstolzierte und zum Himmel emporkrähte.

Während sie dalag, sah Ottilie ihre alten Feinde, die Bienen. Still und im Gänsemarsch wie Ameisen krochen die Bienen in einen abgebrochenen Baumstumpf, der nicht weit von ihr entfernt war, hinein und heraus. Sie löste sich aus Royals Armen und ebnete einen Platz auf dem Boden für seinen Kopf. Ihre Hand zitterte, als sie sie den Bienen in den Weg legte, aber die erste, die daherkam, purzelte auf ihre Handfläche, und als sie die Finger schloß, machte sie keine Anstalten, ihr weh zu tun. Sie zählte bis zehn, um sicherzugehen, dann öffnete sie die Hand, und die Biene stieg mit einem freudigen Gesang in Spiralen in die Luft.

Die Besitzerin gab Baby und Rosita einen guten Rat: «Laßt sie in Ruhe, laßt sie gehen, in ein paar Wochen kommt sie schon wieder.» Die Besitzerin sprach in der Ruhe nach dem Sturm, nach der Niederlage: um Ottilie zu halten, hatte sie ihr das Zimmer im Haus, einen neuen Goldzahn, eine Kodak, einen Ventilator angeboten, aber Ottilie hatte nicht geschwankt, sie hatte einfach weiter ihre Sachen in einen Karton gepackt. Baby versuchte ihr zu helfen, aber sie weinte so sehr, daß Ottilie sie daran hindern mußte: es mußte doch Unglück bringen, wenn diese vielen Tränen auf die Ausstattung einer Braut fielen. Und zu Rosita sagte sie: «Rosita, du solltest dich für mich freuen, statt dazustehen und deine Hände zu ringen.»

Schon zwei Tage nach dem Hahnenkampf schulterte Royal Ottilies Karton und führte sie in der Abenddämmerung den Bergen entgegen. Als es bekanntwurde, daß sie nicht mehr im Champs Elysées war, gingen viele Kunden zu einer anderen Firma; andere, die zwar dem alten Lokal treu blieben, beklagten sich über die Düsterkeit der Atmosphäre. An einigen Abenden war kaum jemand da, um den Damen ein Bier zu kaufen. Allmählich fühlte man, daß Ottilie doch nicht zurückkommen würde; nach sechs Monaten sagte die Besitzerin: «Sie muß tot sein.»

Royals Haus war wie ein Blumenhaus; Glyzinien bedeckten das Dach, ein Vorhang aus Wein beschattete die Fenster, Lilien blühten an der Tür. Aus den Fenstern konnte man das ferne, schwache Schimmern des Meeres sehen, da das Haus hoch oben auf einem Berg stand; hier brannte die Sonne heiß, aber die Schatten waren kühl. Innen war das Haus immer dunkel und kühl, und an den Wänden raschelten aufgeklebte rosa und grüne Zeitungen. Es gab nur einen einzigen Raum; er enthielt einen Ofen, einen wackeligen Spiegel auf einem Marmortisch und ein Messingbett, das groß genug war für drei dicke Männer.

Aber Ottilie schlief nicht in diesem großartigen Bett. Sie durfte nicht einmal darauf sitzen, denn es gehörte Royals Großmutter, Old Bonaparte. Sie war ein eingefallenes, verhutzeltes Wesen, hatte O-Beine wie ein Zwerg und war kahl wie ein Bussard und wurde auf Meilen im Umkreis als Zauberin gefürchtet. Viele hatten Angst, ihren Schatten auf sich fallen zu lassen; selbst Royal war vor ihr auf der Hut, und er stotterte, als er ihr sagte, daß er eine Frau nach Hause gebracht habe. Die alte Frau winkte Ottilie zu sich heran und zwickte sie boshaft hier und dort, und dann sagte sie zu ihrem Enkel, daß seine Braut zu mager sei: «Sie wird im ersten Wochenbett sterben.»

Jede Nacht wartete das junge Paar mit der Liebe, bis sie glaubten, daß Old Bonaparte eingeschlafen war. Manchmal, wenn Ottilie auf dem vom Mond beschienenen Strohsack ausgestreckt lag, auf dem sie schliefen, war sie sicher, daß Old Bonaparte wach war und sie beobachtete. Einmal sah sie ein klebriges, vom Sternenlicht erhelltes Auge in der Dunkelheit leuchten. Es hatte keinen Sinn, sich bei Royal zu beklagen, er lachte nur: Was machte es denn schon aus, wenn eine alte Frau, die so viel vom Leben gesehen hatte, noch ein wenig mehr sehen wollte?

Da sie Royal liebte, ließ Ottilie diese Dinge nicht an sich herankommen und versuchte, sich über Old Bonaparte nicht zu ärgern. Lange Zeit war sie glücklich; sie vermißte weder ihre Freundinnen noch das Leben in Port-au-Prince; trotzdem hielt sie ihre Andenken an jene Tage gut in Ordnung: Mit einem Nähkörbchen, das ihr Baby als Hochzeitsgeschenk gegeben hatte, flickte sie die Seidenkleider und die grünen Seidenstrümpfe, die sie jetzt niemals trug, denn wo hätte sie sie tragen sollen. Nur Männer versammelten sich im Café im Dorf bei den Hahnenkämpfen. Wenn die Frauen zusammenkommen wollten, trafen sie sich am Bach bei der Wäsche. Aber Ottilie war zu beschäftigt, um sich einsam zu fühlen. Bei Tagesanbruch sammelte sie Eukalyptusblätter, um Feuer zu machen und ihre Mahlzeiten zu kochen; Hühner mußten gefüttert werden, Old Bonaparte jammerte um Aufmerksamkeit. Drei- oder viermal am Tage füllte sie einen Eimer mit Trinkwasser und trug ihn dahin, wo Royal in den Zuckerrohrfeldern eineinhalb Kilometer unterhalb des Hauses arbeitete. Es machte ihr nichts aus, daß er bei diesen Besuchen barsch zu ihr war, sie wußte, daß er sich nur vor den anderen Männern aufspielte, die in den Feldern arbeiteten und sie angrinsten wie aufgeschnittene Wassermelonen. Aber am Abend, wenn sie ihn zu Hause hatte, zog sie ihn an den Ohren und schmollte, weil er sie wie einen Hund behandele, bis er sie in der Dunkelheit des Hofes, wo die Leuchtkäfer leuchteten, festhielt und ihr etwas ins Ohr flüsterte, so daß sie lächeln mußte.

Sie waren ungefähr fünf Monate verheiratet, als Royal begann, alles zu tun, was er vor der Hochzeit getan hatte. Andere Männer gingen auch am Abend ins Café und blieben ganze Sonntage bei den Hahnenkämpfen — er konnte nicht verstehen, warum sich Ottilie darüber aufregte. Aber sie sagte, er habe kein Recht, sich so zu benehmen, und daß er sie nicht mit diesem boshaften alten Weib allein lassen würde, wenn er sie liebte. «Ich liebe dich», sagte er, «aber ein Mann muß auch sein Vergnügen haben.» Es gab Nächte, in denen er seinem Vergnügen nachging, bis der Mond hoch am Himmel stand; sie wußte nie, wann er nach Hause kommen würde, und sie lag auf ihrer Matratze und kränkte sich und bildete sich ein, daß sie nicht schlafen könne, wenn sie nicht seine Arme um sich fühlte.

Aber die wirkliche Qual war Old Bonaparte. Sie war nahe daran, Ottilie zur Verzweiflung zu bringen. Wenn Ottilie kochte, kam bestimmt das schreckliche alte Weib zum Ofen und schnüffelte herum, und wenn sie das nicht mochte, was es zum Essen gab, nahm sie einen Mundvoll und spuckte es auf den Fußboden. Jeden Schmutz und jede Unordnung, die sie sich ausdenken konnte, machte sie: sie machte ins Bett, bestand darauf, die Ziege ins Zimmer zu nehmen, und was sie auch immer anfaßte, war bald verschüttet oder zerbrochen, und Royal gegenüber klagte sie, daß eine Frau, die für ihren Mann das Haus nicht in Ordnung halten könne, nichts tauge. Sie war den ganzen Tag auf den Beinen, und ihre roten, unbarmherzigen Augen waren selten geschlossen. Aber das Schlimmste, das, was Ottilie schließlich dazu brachte, ihr zu drohen, sie werde sie umbringen, war ihre Gewohnheit, plötzlich heranzuschleichen und sie so heftig zu kneifen, daß man die Abdrücke ihrer Fingernägel sehen konnte. «Wenn du das noch ein einziges Mal machst, wenn du dich noch einmal unterstehst, nehme ich dieses Messer und schneide dir das Herz heraus!» Old Bonaparte wußte, daß es Ottilie ernst meinte, und obwohl sie das Kneifen ließ, dachte sie sich andere Scherze aus: Zum Beispiel ließ sie es sich angelegen sein, kreuz und quer über einen bestimmten Teil des Hofes zu gehen und so zu tun, als wisse sie nicht, daß Ottilie dort einen kleinen Garten gepflanzt hatte.

Eines Tages geschahen zwei außergewöhnliche Dinge. Ein Knabe kam aus dem Dorf und brachte einen Brief für Ottilie; im Champs Elysées hatte sie von Zeit zu Zeit Postkarten von Matrosen und anderen reisenden Männern bekommen, die mit ihr angenehme Stunden verbracht hatten, aber das war der erste Brief, den sie jemals erhalten hatte. Da sie ihn nicht lesen konnte, war ihr erster Gedanke, ihn zu zerreißen. Es war sinnlos, ihn herumliegen zu lassen, so daß er sie verfolgen konnte. Natürlich bestand die Möglichkeit, daß sie eines Tages lesen lernen würde; und so ging sie, um ihn in ihrem Nähkörbchen zu verstecken.

Als sie das Nähkörbchen öffnete, machte sie eine unheimliche Entdeckung: wie ein grausiges Wollknäuel lag da der abgeschnittene Kopf einer gelben Katze. So war also das elende alte Weib auf neue Streiche aus! Sie will mich verhexen, dachte Ottilie, die sich nicht im geringsten fürchtete. Sie nahm den Kopf vorsichtig an einem Ohr heraus und trug ihn zum Ofen, wo sie ihn in einen Topf mit siedendem Wasser warf. Zu Mittag sog Old Bonaparte an ihren Zähnen und bemerkte, daß die Suppe, die Ottilie für sie gemacht hatte, erstaunlich gut schmecke.

Am nächsten Morgen fand sie gerade rechtzeitig für das Mittagessen eine kleine grüne Schlange, die sich in ihrem Körbchen schlängelte. Sie hackte sie so fein wie Sand und streute sie über eine Portion Schmorfleisch. Jeden Tag wurde ihre Phantasie auf die Probe gestellt: es gab Spinnen zu backen, eine Eidechse zu braten, die Brust eines Bussards zu kochen. Old Bonaparte aß von allem mehrere Portionen. Mit einem rastlosen Glitzern verfolgten ihre Augen Ottilie, während sie auf irgendein Zeichen wartete, daß der Zauber zu wirken begänne. «Du siehst nicht gut aus, Ottilie», sagte sie und mischte ein wenig Sirup in den Essig ihrer Stimme. «Du ißt wie eine Ameise; warum nimmst du dir nicht einen Teller von dieser guten Suppe?»

«Weil ich keinen Bussard in der Suppe mag», antwortete Ottilie ruhig, «oder Spinnen in meinem Brot, Schlangen im Schmorfleisch: ich habe keinen Appetit auf solche Dinge.»

Old Bonaparte verstand; mit schwellenden Adern und gelähmter, kraftloser Zunge erhob sie sich zitternd und fiel dann über den Tisch. Vor Einbruch der Nacht war sie tot.

Royal ließ Klageleute kommen. Sie kamen aus dem Dorf und von den benachbarten Bergen, und sie belagerten das Haus, indem sie heulten wie Hunde um Mitternacht. Alte Frauen schlugen mit den Köpfen gegen die Wände, stöhnende Männer warfen sich zu Boden: es war die Kunst des Schmerzes, und diejenigen, die den Kummer am besten spielten, wurden sehr bewundert. Nach dem Begräbnis gingen alle fort und waren befriedigt, weil sie gute Arbeit geleistet hatten.

Jetzt gehörte das Haus Ottilie. Ohne das Herumschnüffeln und den Schmutz von Old Bonaparte, den sie hatte wegräumen müssen, hatte sie mehr freie Zeit, aber sie wußte nichts damit anzufangen. Sie räkelte sich auf dem großen Messingbett, sie trödelte vor dem Spiegel herum. Die Eintönigkeit brummte in ihrem Kopf, und um ihr Fliegengebrumm zu vertreiben, sang sie die Lieder, die sie aus dem Musikautomaten im Champs Elysées gelernt hatte. Wenn sie in der Dämmerung auf Royal wartete, erinnerte sie sich, daß zu dieser Stunde ihre Freundinnen in Port-au-Prince auf der Veranda plauderten und warteten, daß ein Wagen umkehrte; aber wenn sie sah, wie Royal gemächlich den Pfad heraufkam und sein Zuckerrohrmesser wie ein Halbmond an seiner Seite baumelte, vergaß sie solche Gedanken und lief ihm mit zufriedenem Herzen entgegen.

Eines Nachts, als sie halb eingeschlafen waren, fühlte Ottilie plötzlich, daß noch jemand im Zimmer war. Dann sah sie am Fußende des Bettes ein Auge leuchten, das sie beobachtete, so wie sie es schon früher gesehen hatte. Jetzt wußte sie, was sie schon seit einiger Zeit vermutete: daß Old Bonaparte tot aber nicht fort war. Als sie einmal allein im Hause gewesen war, hatte sie ein Lachen gehört, und ein anderes Mal hatte sie draußen im Hof gesehen, wie die Ziege jemanden anstarrte, der gar nicht da war, und wie sie mit den Ohren zuckte, so wie sie es immer getan hatte, wenn sie die alte Frau am Kopf kraulte.

«Hör auf mit dem Bett zu schaukeln», sagte Royal, und Ottilie zeigte mit einem Finger auf das Auge und fragte ihn flüsternd, ob er es nicht sehen könne. Als er antwortete, daß sie träume, faßte sie nach dem Auge und schrie auf, als sie ins Leere griff.

Royal zündete eine Lampe an; er hielt Ottilie fest auf seinem Schoß und streichelte ihr Haar, während sie ihm von den Entdekkungen in ihrem Nähkörbchen erzählte, und was sie damit getan hatte. War es böse, was sie getan hatte? Royal wußte es nicht, er konnte es nicht entscheiden, aber er meinte, sie müsse bestraft werden; und warum? Weil es die alte Frau so wollte, weil sie sonst Ottilie niemals in Ruhe lassen würde: das war so mit Gespenstern.

Und so holte Royal am nächsten Morgen ein Seil und schlug vor, Ottilie an einen Baum im Hof zu binden. Da sollte sie bis zur Dunkelheit ohne Essen und Trinken bleiben, und jeder, der vorüberging, würde sehen, daß sie in Schande sei.

Aber Ottilie kroch unter das Bett und weigerte sich hervorzukommen. «Ich laufe davon», jammerte sie. «Royal, wenn du versuchst, mich an diesen alten Baum anzubinden, laufe ich dir davon.»

«Dann müßte ich gehen und dich holen», sagte Royal, «und das wäre nur um so schlimmer für dich.»

Er packte sie am Fußgelenk und zog sie kreischend unter dem Bett hervor. Den ganzen Weg in den Hof hinaus hielt sie sich an Gegenständen fest, an der Tür, einer Rebe, am Bart der Ziege, aber keines dieser Dinge wollte sie festhalten, und Royal wurde nicht daran gehindert, sie an den Baum zu binden. Er machte drei Knoten in das Seil und ging fort zur Arbeit, indem er an seiner Hand sog, in die sie ihn gebissen hatte. Sie schrie ihm alle Schimpfnamen nach, die sie jemals gehört hatte, bis er hinter dem Berg verschwand. Die Ziege, Juno und die Hühner versammelten sich, um sie in ihrer Demütigung anzustarren; Ottilie ließ sich zu Boden fallen und streckte ihnen die Zunge heraus.

Ottilie schlief beinahe, und daher hielt sie es für einen Traum, als in Begleitung eines Kindes aus dem Dorf Baby und Rosita, die unsicher auf hohen Absätzen wackelten und phantasievolle Schirme trugen, den Weg heraufwankten und ihren Namen riefen. Da sie Menschen im Traum waren, würden sie wahrscheinlich nicht erstaunt sein, sie an einen Baum gebunden zu finden.

«Mein Gott, bist du verrückt?» kreischte Baby und hielt sich in einiger Entfernung, als fürchte sie, daß dies tatsächlich der Fall sein müsse. «Sag etwas, Ottilie!»

Blinzelnd und kichernd sagte Ottilie: «Ich freue mich so, euch wiederzusehen. Rosita, bitte binde mich los, damit ich euch beide umarmen kann.»

«Das also macht dieses Scheusal mit dir», sagte Rosita und riß an dem Seil. «Na warte, wenn ich ihn sehe, dich zu schlagen und dich wie einen Hund im Hof anzubinden.»

«O nein», sagte Ottilie, «Royal schlägt mich nie. Ich werde bloß heute bestraft.»

«Du hast nicht auf mich hören wollen», sagte Baby. «Und jetzt siehst du, was du davon hast. Dieser Mann hat sich für eine ganze Menge zu rechtfertigen», fügte sie hinzu und schwang ihren Schirm.

Ottilie umarmte und küßte ihre Freundinnen. «Ist es nicht ein hübsches Haus?» sagte sie und führte sie darauf zu. «Es ist, als hätte man einen Wagen voll Blumen gepflückt und ein Haus darauf gebaut: so meine ich wenigstens. Kommt aus der Sonne und laßt uns hineingehen. Drinnen ist es kühl und es riecht so gut.»

Rosita rümpfte die Nase, als ob das, was sie roch, gar nicht gut sei, und erklärte mit ihrer brunnentiefen Stimme, daß es gewiß besser sei, wenn sie aus der Sonne gingen, da sie anscheinend Ottilies Kopf verwirre.

«Es ist ein Glück, daß wir gekommen sind», sagte Baby und suchte in einer riesigen Handtasche herum. «Und das hast du Mr. Jamison zu verdanken. Madame sagte, du seiest tot, und als du unseren Brief nicht beantwortet hast, dachten wir, das müsse wohl so sein, aber Mr. Jamison, der reizendste Mann, den du je finden wirst, mietete einen Wagen für mich und Rosita, deine liebsten, besten Freundinnen, damit wir hier herauffahren und herausfinden, was mit unserer Ottilie geschehen ist. Ottilie, ich habe hier in meiner Handtasche eine Flasche Rum, so hole uns ein Glas, und wir wollen eine Runde trinken.»

Die eleganten, ausländischen Manieren und der auffallende Putz der Stadtdamen hatten ihren Führer, einen kleinen Jungen, dessen neugierige schwarze Augen im Fenster schwebten, berauscht. Auch Ottilie war beeindruckt, denn schon lange hatte sie keine bemalten Lippen mehr gesehen oder Parfüm gerochen, und während Baby den Rum einschenkte, holte sie ihre Satinschuhe und ihre Perlenohrringe hervor.

«Himmel», sagte Rosita, als sich Ottilie fertig hergerichtet hatte, «es gibt keinen einzigen Mann, der dir nicht ein ganzes Fäßchen Bier kaufen würde; wenn man sich das vorstellt, so ein wunderbares Wesen wie du leidet fern von denen, die dich lieben.»

«Ich habe nicht so sehr gelitten», sagte Ottilie. «Nur manchmal.»

«Sei jetzt still», sagte Baby, «du brauchst noch nicht darüber zu sprechen. Es ist jetzt ohnehin alles vorbei. Hier, Liebling, laß mich dein Glas nochmals füllen. Ein Hoch auf die alten Zeiten und auf die zukünftigen! Heute abend wird Mr. Jamison für alle Champagner kaufen: Madame gibt ihn zum halben Preis.»

«Oh», sagte Ottilie und beneidete ihre Freundinnen. Sie wollte wissen, was man von ihr sprach. Erinnerte man sich an sie?

«Ottilie, du hast keine Ahnung», sagte Baby, «Männer, die wir noch nie gesehen haben, sind gekommen und haben gefragt, wo Ottilie ist, weil sie weit weg in Havanna und Miami von dir gehört haben. Und was Mr. Jamison betrifft, so schaut er uns andere Mädchen nicht einmal an, er kommt nur und sitzt auf der Veranda und trinkt für sich allein.»

«Ja», sagte Ottilie wehmütig, «er war immer reizend zu mir, Mr. Jamison.»

Schließlich neigte sich die Sonne, und die Flasche Rum war dreiviertel leer. Ein kurzer Regenschauer hatte einen Augenblick lang die Berge getränkt, die jetzt durch die Fenster wie Libellenflügel schimmerten, und eine Brise, die mit dem Duft von Blumen nach dem Regen beladen war, streifte durch das Zimmer und raschelte mit den grünen und rosa Papieren an den Wänden. Es waren viele Geschichten erzählt worden, einige davon waren lustig, andere traurig; es war wie das Plaudern an den Abenden im Champs Elysées, und Ottilie war glücklich, wieder dazuzugehören.

«Aber es wird schon spät», sagte Baby, «und wir haben versprochen, vor Mitternacht zurück zu sein. Ottilie, können wir dir packen helfen?»

Obwohl es Ottilie nicht bewußt geworden war, daß ihre Freundinnen erwarteten, sie werde mit ihnen kommen, bewirkte doch der Rum, der sich in ihr regte, daß es ihr natürlich erschien, und mit einem Lächeln dachte sie: Ich habe ihm gesagt, daß ich davonlaufe. «Nur», sagte sie laut, «hätte ich nicht einmal eine Woche, um mich zu amüsieren. Royal wird sofort hinunterkommen und mich holen.»

Beide Freundinnen lachten darüber. «Du bist so dumm», sagte Baby. «Ich möchte diesen Royal sehen, wenn einige von unseren Männern mit ihm fertig sind.»

«Ich möchte es keinem raten, Royal etwas zu tun», sagte Ottilie. «Außerdem würde er noch zorniger sein, wenn wir zurückkommen.»

Baby sagte: «Aber Ottilie, du würdest doch nicht mehr mit ihm hierher zurückkommen.»

Ottilie kicherte und schaute sich im Zimmer um, als sähe sie etwas, was für die anderen unsichtbar war. «Aber natürlich würde ich zurückkommen», sagte sie.

Baby rollte mit den Augen und zog einen Fächer hervor, den

sie ruckweise vor ihrem Gesicht hin- und herbewegte. «Das ist das Verrückteste, was ich je gehört habe», sagte sie mit harten Lippen. «Ist das nicht das Verrückteste, was du je gehört hast, Rosita?»

«Das ist nur, weil Ottilie so viel durchgemacht hat», sagte Rosita. «Komm, Liebling, leg dich aufs Bett, während wir deine Sachen packen.»

Ottilie schaute zu, wie sie anfingen, ihre Sachen auf einen Haufen zusammenzulegen. Sie schoben ihre Kämme und Haarnadeln zusammen und rollten ihre Seidenstrümpfe auf. Sie zog ihre hübschen Kleider aus, als wolle sie etwas noch Hübscheres anziehen, aber statt dessen schlüpfte sie wieder in ihr altes Kleid; und dann legte sie ruhig, als wolle sie ihren Freundinnen helfen, alles wieder an seinen Platz zurück. Baby stampfte mit dem Fuß, als sie sah, was los war.

«Hör zu», sagte Ottilie. «Wenn du und Rosita meine Freundinnen seid, dann tut bitte das, was ich euch sage: bindet mich im Hof wieder so an, wie ihr mich gefunden habt. So wird mich niemals eine Biene stechen.»

«Sternhagelvoll besoffen», sagte Baby; aber Rosita sagte, sie solle den Mund halten. «Ich glaube», sagte Rosita seufzend, «ich glaube, Ottilie liebt ihn.» Wenn sie Royal zurückhaben wollte, würde Ottilie mit ihm gehen, und da dies eben so war, könnten sie ebensogut nach Hause gehen und sagen, daß Madame recht habe und Ottilie tot sei.

«Ja», sagte Ottilie, denn die Dramatik dieser Darstellung gefiel ihr. «Sagt ihnen, daß ich tot bin.»

Und so gingen sie in den Hof hinaus; dort sagte Baby mit wogender Brust und Augen, die so rund waren wie der Mond, der am Tag über den Himmel eilte, daß sie nichts damit zu tun haben wolle, Ottilie an den Baum zu binden, so daß Rosita es allein tun mußte. Beim Abschied weinte Ottilie am meisten, obwohl sie froh war, daß sie gingen, denn sie wußte, daß sie nicht mehr an sie denken würde, sobald sie fort waren. Während sie auf ihren hohen Absätzen die Mulden im Weg hinunterschwankten, wandten sie sich um, um zu winken, aber Ottilie konnte nicht zurückwinken, und so vergaß sie sie fast noch ehe sie ihren Blicken entschwunden waren.

Während sie Eukalyptusblätter kaute, um ihren Atem zu reinigen, fühlte sie, wie die Kühle der Abenddämmerung die Luft durchdrang. Der Mond wurde gelb, und Vögel, die im Baum ihre Nester hatten, segelten in seine Dunkelheit. Plötzlich, als sie Royal auf dem Weg hörte, warf sie ihre Beine auseinander, ließ ihren Kopf zurückfallen und die Augen weit in ihre Höhlen hinabrollen. Aus einiger Entfernung würde es aussehen, als habe sie ein gewaltsames, klägliches Ende gefunden. Und während sie hörte, wie sich Royals Schritte zum Laufen beschleunigten, dachte sie glücklich: Das wird ihm einen schönen Schreck einjagen.

Die Diamanten-Gitarre

Dreissig Kilometer ist die nächste Stadt vom Gefangenenlager entfernt. Große Föhrenwälder stehen zwischen dem Lager und der Stadt, und in diesen Wäldern arbeiten die Gefangenen. Sie zapfen Harz ab zur Terpentingewinnung. Das Gefängnis selbst ist in einem Wald. Dort steht es am Ende einer roten, ausgefahrenen Straße, und Stacheldraht breitet sich über seine Mauern wie wilder Wein. Darin leben einhundertundneun weiße Männer, siebenundneunzig Neger und ein Chinese. Es gibt zwei Schlafhäuser – große, grüne Holzgebäude mit Dächern aus Teerpappe. Die weißen Männer bewohnen eines, die Neger und der Chinese das andere. In jedem Schlafhaus ist ein großer, bauchiger Ofen, aber die Winter sind kalt hier, und zur Nacht, wenn die bereiften Föhren hin und herschwingen und ein kaltes Licht vom Monde strahlt, liegen die Männer wach auf ihren eisernen Feldbetten und die Glut des Feuers spielt in ihren Augen.

Diejenigen Männer, deren Betten dem Ofen am nächsten stehen, sind die bedeutenden – Männer, zu denen man aufschaut oder die man fürchtet. Mr. Schaeffer gehört zu ihnen. Mr. Schaeffer – denn so wird er genannt, als Zeichen besonderen Respekts – ist ein schmächtiger, langer Mann. Er hat rötliches, ergrauendes Haar, und sein Gesicht ist abgemagert, wirkt religiös. Kein Fleisch ist an ihm, man sieht, wie seine Knochen arbeiten, und seine Augen sind von armseligstumpfer Farbe. Er kann lesen und schreiben, und er kann eine Zahlenkolonne zusammenzählen. Wenn einer von den anderen Männern einen Brief erhält, bringt er ihn zu Mr. Schaeffer. Die meisten dieser Briefe sind traurig und klagend. Sehr oft improvisiert Mr. Schaeffer frohere Botschaften und liest nicht, was auf den Seiten steht. Im Schlafhaus gibt es zwei andere Männer, die lesen können. Und trotzdem bringt einer von ihnen seine Briefe zu Mr. Schaeffer, der ihm den Gefallen tut, nie die Wahrheit zu lesen. Mr. Schaeffer selbst bekommt keine Post, nicht einmal zu Weihnachten. Er scheint keine Freunde jenseits des Gefängnisses zu haben, und tatsächlich hat er auch dort keine – das heißt, keinen besonderen Freund. Das war nicht immer so.

An einem Wintersonntag vor einigen Jahren saß Mr. Schaeffer auf den Stufen des Schlafhauses und schnitzte eine Puppe. Er ist ganz geschickt darin. Seine Puppen werden in einzelnen Teilen geschnitzt und dann mit Stückchen von Sprungfederndraht zusammengesetzt. Die Arme und Beine bewegen sich, der Kopf rollt. Wenn er ungefähr ein Dutzend dieser Puppen fertig hat, nimmt sie der Lagerkommandant in die Stadt mit und dort werden sie in einem gewöhnlichen Laden verkauft. Auf diese Art verdient Mr. Schaeffer Geld für Candies und Tabak.

Als er an diesem Sonntag dasaß und die Finger für eine kleine Hand schnitzte, fuhr ein Lastwagen auf den Gefängnishof. Ein junger Bursch, mit Handschellen an den Kommandanten gefesselt, kletterte aus dem Lastwagen und stand da, in die blasse Wintersonne blinzelnd. Mr. Schaeffer warf nur einen Blick auf ihn. Er war damals ein Mann von fünfzig Jahren, und siebzehn davon hatte er im Lager verbracht. Die Ankunft eines neuen Gefangenen konnte ihn nicht aufregen. Sonntag ist ein freier Tag im Lager, und andere Männer, die sich auf dem Hof langweilten, scharten sich um den Lastwagen. Nachher blieben Pick Axe und Goober stehen, um mit Mr. Schaeffer zu sprechen. Pick Axe sagte: «Er ist ein Ausländer, der Neue. Von Kuba. Aber mit hellem Haar.»

«Ein Messerstecher, sagt der Captain», berichtete Goober, der selber ein Messerstecher war. «Hat einen Matrosen in Mobile gestochen.»

«Zwei Matrosen», sagte Pick Axe. «Aber nur ein Kaffeehausstreit. Er hat die zwei Burschen nicht verletzt.»

«Einem Mann das Ohr abschneiden? Das nennst du ihn nicht verletzen? Dafür kriegt er zwei Jahre, sagt der Captain.»

Pick Axe sagte: «Er hat eine Gitarre, ganz mit Edelsteinen besetzt.»

Es wurde zu dunkel zum Arbeiten. Mr. Schaeffer paßte die Teile seiner Puppe zusammen und setzte sie, ihre kleinen Hände haltend, auf seine Knie. Er rollte eine Zigarette. Die Föhren waren blau im Licht der untergehenden Sonne, und der Rauch seiner Zigarette blieb in der kalten, dämmernden Luft stehen. Er sah den Captain über den Hof kommen. Der neue Gefangene, ein blonder Junge, folgte mit einem Schritt Abstand. Er trug eine Gitarre, die mit gläsernen Diamanten besetzt war, die wie Sterne funkelten, und seine neue Uniform war zu weit für ihn. Sie schaute wie ein Allerseelengewand aus.

«Da ist jemand für Sie, Schaeffer», sagte der Kommandant, als er bei den Stufen des Schlafhauses stehenblieb. Der Captain war kein harter Mann. Gelegentlich lud er Mr. Schaeffer in sein Büro ein und sie sprachen miteinander über Dinge, die sie in der Zeitung gelesen hatten. «Tico Feo», sagte er, als wäre es der Name eines Vogels oder eines Liedes, «das ist Mr. Schaeffer. Wenn du dich an ihn hältst, wirst du's recht machen.»

Mr. Schaeffer sah zu dem Jungen auf und lächelte. Er lächelte ihn länger an, als er es wollte, denn der Junge hatte Augen wie ein Stückchen Himmel – blau wie der Winterabend –, und sein Haar war so golden wie die Zähne des Captains. Er hatte ein zu Späßen aufgelegtes Gesicht, behende und klug; und wie er ihn so anschaute, dachte Mr. Schaeffer an Festtage und gute Zeiten.

«Ist wie meine kleine Schwester», sagte Tico Feo, und berührte Mr. Schaeffers Puppe. Seine Stimme mit ihrem kubanischen Akzent war weich und süß wie eine Banane. «Sie auch sitzen auf mein Knie.» Mr. Schaeffer war plötzlich schüchtern. Er verbeugte sich vor dem Captain und ging davon in den Schatten des Hofes. Da stand er und flüsterte die Namen der Abendsterne, wie sie über ihm am Himmel erblühten. Die Sterne waren seine Freude, aber heute trösteten sie ihn nicht. Sie erinnerten ihn nicht daran, daß, was uns hier auf Erden geschieht, im unendlichen Glanz der Ewigkeit verloren ist. Während er sie anschaute – die Sterne – dachte er an die edelsteinbesetzte Gitarre und ihren weltlichen Glanz. Man konnte von Mr. Schaeffer sagen, daß er in seinem Leben nur eine wirklich schlechte Tat begangen hatte: Er hatte einen Menschen getötet. Die Umstände dieser Handlung sind ohne Bedeutung, ausgenommen die Feststellung, daß dieser Mensch zu sterben verdiente und daß Mr. Schaeffer dafür zu neunundneunzig Jahren und einem Tag verurteilt wurde. Lange Zeit — tatsächlich viele Jahre lang — hatte er nicht daran gedacht, wie es war, ehe er in dieses Lager kam. Die Erinnerung an jene Zeit war wie ein Haus, in dem niemand lebt und wo die Möbel vermodern. Aber heute abend war es, als hätte man in all den düsteren, toten Räumen Lampen angezündet. Dieses Geschehen hatte begonnen, als er Tico Feo mit seiner prächtigen Gitarre durch die Dämmerung kommen sah. Bis zu diesem Augenblick war er nicht einsam gewesen. Nun, da er seine Einsamkeit erkannte, fühlte er sich lebendig werden. Er hatte nicht lebendig sein wollen. Lebendig sein hieß, sich an braune Flüsse erinnern, wo Fische schwammen, und an Sonnenlicht auf dem Haar einer Frau. Mr. Schaeffer ließ den Kopf hängen. Der Glanz der Sterne hatte seine Augen tränen lassen.

Das Schlafhaus ist für gewöhnlich ein unfreundlicher Ort, mit dem schalen Geruch nach Männern und kahl im Licht zweier schirmloser elektrischer Birnen. Aber mit dem Kommen Tico Feos war es, als ob sich ein tropischer Einbruch in dem kalten Raum ereignet hätte, denn als Mr. Schaeffer von seiner Sternbetrachtung zurückkehrte, fand er eine wilde, grelle Szene vor. Tico Feo saß mit gekreuzten Beinen auf einem Feldbett, zupfte mit langen, beweglichen Fingern an seiner Gitarre und sang ein Lied, das so fröhlich klang wie klimpernde Münzen. Obwohl es ein spanisches Lied war, versuchten einige Männer es mit ihm zu singen, und Pick Axe und Goober tanzten miteinander. Charlie und Wink tanzten auch, aber jeder für sich. Es war schön, die Männer lachen zu hören, und als Tico Feo schließlich seine Gitarre beiseite legte, gehörte Mr. Schaeffer zu denen, die ihn beglückwünschten.

«Du verdienst eine so schöne Gitarre», sagte er.

«Ist Diamanten-Gitarre», sagte Tico Feo, und strich mit der Hand über ihre Pracht. «Einmal ich hatte eine mit Rubinen. Aber die ist gestohlen. In Havanna meine Schwester arbeiten in, wie sagt man, wo Gitarren machen. So ich haben diese.»

Mr. Schaeffer fragte ihn, ob er viele Schwestern habe, und Tico Feo hielt grinsend vier Finger in die Höhe. Dann sagte er, während sich seine blauen Augen begierig verengten, «bitte, Mister, du geben mir Puppe für meine zwei kleine Schwestern.»

Am nächsten Abend brachte ihm Mr. Schaeffer die Puppen. Danach war er Tico Feos bester Freund, und sie waren immer zusammen. Stets nahmen sie Rücksicht aufeinander.

Tico Feo war achtzehn Jahre alt und hatte zwei Jahre auf einem Frachter im Karibischen Meer gearbeitet. Als Kind war er bei Nonnen zur Schule gegangen, und er trug ein goldenes Kreuz um den Hals. Er hatte auch einen Rosenkranz. Den Rosenkranz hob er in einem grünen Seidentuch auf, das noch drei andere Schätze barg: Eine Flasche Toilettenwasser Soir de Paris, einen Taschenspiegel und eine Weltkarte von Rand McNally. Das und die Gitarre waren seine einzigen Besitztümer, und er erlaubte niemandem, sie anzurühren. Vielleicht schätzte er seine Landkarte am höchsten. Spät abends, ehe das Licht abgedreht wurde, pflegte er seine Karte auseinanderzufalten und Mr. Schaeffer die Orte zu zeigen, an denen er gewesen war – Galveston, Miami, New Orleans, Mobile, Kuba, Haiti, Jamaika, Puerto Rico, die Virgin-Inseln –, und die Orte, die er noch sehen wollte. Er wollte fast überallhin gehen, besonders nach Madrid, besonders an den Nordpol! Das entzückte und erschreckte Mr. Schaeffer zugleich. Es tat ihm weh, an Tico Feo auf See und an fernen Orten zu denken. Manchmal schaute er seinen Freund abwehrend an und dachte: «Du bist nur ein fauler Träumer.»

Es ist wahr, Tico Feo war ein fauler Bursche. Nach jenem ersten Abend mußte man ihn selbst dazu drängen, auf seiner Gitarre zu spielen. Bei Tagesanbruch, wenn die Wache kam, um die Männer aufzuwecken, was sie dadurch tat, daß sie mit einem Hammer auf den Ofen schlug, pflegte Tico Feo wie ein Kind zu wimmern. Manchmal gab er vor, krank zu sein, stöhnte und rieb sich den Magen; aber damit kam er niemals durch, denn der Captain schickte ihn mit den übrigen Männern zur Arbeit. Er und Mr. Schaeffer wurden zu einem Straßenbau-Trupp gesteckt. Es war harte Arbeit, im gefrorenen Lehm zu graben und Säcke voll zerbrochener Steine zu tragen. Die Wache mußte Tico Feo fortwährend anschreien, denn er verbrachte die meiste Zeit damit, sich auf die Geräte zu stützen.

Jeden Mittag, wenn die Essens-Eimer herumgereicht wurden, saßen die beiden Freunde zusammen. Es gab ein paar gute Dinge in Mr. Schaeffers Eimer, da er sich Äpfel und Zuckerwerk aus der Stadt leisten konnte. Es machte ihm Freude, diese Sachen seinem Freund zu geben, denn sein Freund genoß sie so, und er dachte: «Du bist im Wachsen; es wird noch lange dauern, bis du ein erwachsener Mann bist.»

Nicht alle Männer liebten Tico Feo. Weil sie eifersüchtig waren, oder aus undurchsichtigeren Gründen, erzählten sie einige häßliche Geschichten über ihn. Tico Feo selbst schien nichts davon zu merken. Wenn die Männer sich um ihn scharten und er auf seiner Gitarre spielte und seine Lieder sang, sah man, daß er sich geliebt glaubte. Die meisten Männer liebten ihn auch. Sie warteten und verließen sich auf die Stunde zwischen Abendessen und Licht-aus. «Tico, spiel auf deinem Kasten», pflegten sie zu sagen. Sie bemerkten gar nicht, daß die Traurigkeit nachher immer tiefer war als je zuvor. Der Schlaf übersprang sie wie ein Kaninchen, und ihre Augen ruhten nachdenklich auf dem Feuerschein, der hinter dem Ofenrost glomm. Mr. Schaeffer war der einzige, der ihr unruhiges Gefühl verstand, denn auch er fühlte es. Es war eben, daß sein Freund die braunen Flüsse wiederbelebt hatte, wo Fische schwammen, und die Frauen mit dem Sonnenlicht auf ihrem Haar.

Bald billigte man Tico Feo die Ehre zu, ein Bett nahe beim Ofen und zunächst Mr. Schaeffer zu haben. Mr. Schaeffer hatte immer gewußt, daß sein Freund ein furchtbarer Lügner war. Er horchte nicht auf die Wahrheit in Tico Feos Geschichten von Abenteuern, Eroberungen und Begegnungen mit berühmten Leuten. Er fand vielmehr Vergnügen an ihnen als reinen Geschichten, wie man sie in einem Unterhaltungsblatt lesen mochte, und es erwärmte sein Herz, die heiße Stimme seines Freundes im Dunkeln flüstern zu hören.

Sie waren wie Liebende, ausgenommen, daß sie ihre Körper nicht vereinigten, und auch nicht daran dachten, es zu tun, obwohl solche Dinge im Lager nicht unbekannt waren. Von allen Jahreszeiten ist der Frühling die überwältigendste: Halme durchstoßen die winterharte Erdkruste, junge Blätter sprießen aus alten, abgestorbenen Zweigen und der eingeschlafene Wind fährt durch all das neugeborene Grün. Und so war es auch mit Mr. Schaeffer, ein Aufbrechen, ein Biegen von Muskeln, die steif geworden waren.

Es war später Januar. Die Freunde saßen auf den Stufen des Schlafhauses, jeder mit einer Zigarette in der Hand. Ein Mond, so dünn und gelb wie ein Stück Zitronenschale, bog sich über ihnen, und in seinem Licht glitzerten Streifen von Bodenfrost wie silberne Schneckenspuren. Viele Tage lang hatte sich Tico Feo in sich selbst zurückgezogen — schweigsam, wie ein Räuber, der im Schatten wartet. Es nützte nichts, ihm zu sagen: «Tico, spiel auf deinem Kasten.» Da schaute er einen nur mit sanften, wie betäubten Augen an.

«Erzähl eine Geschichte», sagte Mr. Schaeffer, der sich nervös und hilflos fühlte, wenn er seinen Freund nicht erreichen konnte. «Erzähl, wie es war, als du zu dem Rennen in Miami gingst.»

«Ich niemals gehen zu keinem Rennen», sagte Tico Feo und gab damit zu, daß seine wildeste Geschichte, in der es sich um Hunderte von Dollars handelte und um ein Zusammentreffen mit Bing Crosby, eine Lüge war. Es schien ihm nichts daran zu liegen. Er brachte einen Kamm zum Vorschein und zog ihn verdrießlich durch sein Haar. Vor ein paar Tagen war dieser Kamm die Ursache eines hitzigen Streites gewesen. Einer der Männer, Wink, behauptete, daß Tico Feo ihm den Kamm gestohlen habe, worauf der Beschuldigte dadurch antwortete, daß er ihm ins Gesicht spuckte. Sie hatten miteinander gerungen, bis Mr. Schaeffer und ein anderer Mann sie trennten. «Ist mein Kamm. Sag ihm!» hatte Tico Feo von Mr. Schaeffer verlangt. Aber Mr. Schaeffer hatte mit ruhiger Festigkeit gesagt: nein, es sei nicht der Kamm seines Freundes — eine Antwort, die alle, die es anging, zu entwaffnen schien. «Ah», sagte Wink, «wenn er ihn so sehr will, mag ihn dieser Sohn einer Hündin behalten.» Und später hatte Tico Feo mit verwunderter, unsicherer Stimme gesagt: «Ich dachte, du warst mein Freund.» «Ich bin es», hatte Mr. Schaeffer gedacht, aber er sagte nichts.

«Ich nicht gehen zu keinem Rennen, und was ich sagte über die Witwe, ist auch nicht wahr.» Er zog an seiner Zigarette, bis sie wütend glühte, und schaute Mr. Schaeffer abschätzend an. «Sagen, du haben Geld, Mister?»

«Vielleicht zwanzig Dollar», sagte Mr. Schaeffer zögernd, besorgt, wohin das führte.

«Nicht so gut, zwanzig Dollar», sagte Tico, aber ohne Enttäuschung. «Nix wichtig, wir uns durcharbeiten. In Mobile hab' ich meinen Freund Frederico. Er wird uns in ein Boot setzen. Es wird keine Unannehmlichkeiten geben», und es war, als ob er sagte, daß es kälter geworden sei.

Mr. Schaeffers Herz zog sich zusammen. Er konnte nicht sprechen.

«Niemand hier kann rennen zu fangen Tico. Er rennen am schnellsten.»

«Gewehre rennen schneller», sagte Mr. Schaeffer mit fast unhörbarer Stimme. «Ich bin zu alt», sagte er, und das Wissen um sein Alter schüttelte ihn innerlich bis zur Übelkeit.

Tico Feo hörte nicht zu. «Dann die Welt. Die Welt, el mundo, mein Freund.» Er stand auf und bebte wie ein junges Pferd; alles schien auf ihn zuzuströmen – der Mond, das Rufen der Eulen. Sein Atem ging schnell und wurde in der Luft zu Dampf. «Sollten wir nach Madrid gehen? Vielleicht jemand mich lehren Stierkampf. Denkst du, Mister?»

Mr. Schaeffer hörte auch nicht zu. «Ich bin zu alt», sagte er. «Ich bin zu verwünscht alt.»

In den nächsten paar Wochen lief ihm Tico Feo nach – die Welt, el mundo, mein Freund; und er wollte sich verbergen. Er pflegte sich in der Toilette einzuschließen und seinen Kopf zu halten. Und dennoch – er war aufgeregt, gequält. Wie, wenn es wahr werden könnte, das Rennen mit Tico durch die Wälder und zum Meer? Und er sah sich selbst in einem Boot, er, der nie das Meer gesehen hatte, dessen ganzes Leben im Lande wurzelte. Während dieser Zeit starb einer der Gefangenen und im Hof konnte man hören, wie der Sarg zugemacht wurde. Als die einzelnen Nägel eingehämmert wurden, dachte Mr. Schaeffer: «Der ist für mich, es ist meiner.»

Tico Feo selbst war nie besser aufgelegt. Er schlenderte umher mit der schnippischen Anmut eines Tänzers und hatte für jeden einen Scherz. Im Schlafhaus zupften seine Finger nach dem Abendessen an der Gitarre wie Feuerwerksschwärmer. Er lehrte die Männer olé zu schreien, und einige von ihnen warfen die Kappen in die Luft.

Als die Arbeit auf der Straße beendet war, wurden Mr. Schaeffer und Tico Feo wieder zurück in den Wald geschickt. Am St.-Valentins-Tag aßen sie ihr Mittagessen unter einer Föhre. Mr. Schaeffer hatte ein Dutzend Orangen aus der Stadt bestellt, und er schälte sie langsam, so daß die Schalen eine Spirale bildeten. Die saftigeren Schnitze gab er seinem Freund, der stolz darauf war, wie weit er die Kerne spucken konnte – gute drei Meter.

Es war ein schöner, kalter Tag, Flecke von Sonnenlicht schwebten über ihnen wie Schmetterlinge, und Mr. Schaeffer, der gern an den Bäumen arbeitete, fühlte sich matt und glücklich. Da sagte Tico Feo: «Der da, er nicht könnte fangen eine Fliege mit seinem Mund.» Er meinte Armstrong, einen derbgesichtigen Mann, der dasaß, das Gewehr zwischen den Beinen aufgestützt. Er war der jüngste der Wachen und neu im Lager.

«Ich weiß nicht», sagte Mr. Schaeffer. Er hatte Armstrong beobachtet und bemerkt, daß der neue Wächter, wie viele Leute, die zugleich schwer und eitel sind, sich mit gleitender Leichtigkeit bewegte. «Er könnte dich zum Narren halten.»

«Ich halte ihn vielleicht zum Narren», sagte Tico Feo und spuckte einen Orangenkern in Armstrongs Richtung. Der Wächter blickte ihn finster an und blies auf seiner Pfeife. Es war das Signal, daß die Arbeit wieder anfing.

Einmal während des Nachmittags kamen die beiden Freunde wieder zusammen; das heißt, sie nagelten Harzeimer an Bäume, die nebeneinanderstanden. In einiger Entfernung unter ihnen sprudelte ein seichter Bach durch den Wald. «In Wasser kein Geruch», sagte Tico Feo nachdrücklich, als erinnere er sich an etwas, das er gehört hatte. «Wir laufen in Wasser, wenn es dunkel wird, wir klettern auf Baum. Ja, Mister?»

Mr. Schaeffer hämmerte weiter, aber seine Hand zitterte und er traf mit dem Hammer seinen Daumen. Er schaute sich ganz betäubt nach seinem Freund um. Sein Gesicht zeigte keinen Widerschein des Schmerzes, und er steckte den Daumen nicht in den Mund, wie man es wohl gewöhnlich tut.

Tico Feos blaue Augen schienen, wie Seifenblasen, immer größer zu werden, und als er mit einer Stimme wie der ruhige Lufthauch in den Föhrenwipfeln sagte «Morgen», sah Mr. Schaeffer nichts anderes mehr als diese Augen.

«Morgen, Mister?»

«Morgen», sagte Mr. Schaeffer.

Das erste Morgenlicht fiel auf die Wände des Schlafhauses und Mr. Schaeffer, der wenig geruht hatte, wußte, daß auch Tico wach war. Mit den schläfrigen Augen eines Krokodils beobachtete er die Bewegungen seines Freundes auf dem nächsten Feldbett. Tico Feo knüpfte das Seidentuch auf, das seine Schätze enthielt. Zuerst nahm er den Taschenspiegel heraus. Dessen quallenartig unsicheres Licht zitterte auf seinem Gesicht. Eine Weile bewunderte er sich selbst voller Entzücken und kämmte und glättete sein Haar, als bereite er sich darauf vor, zu einer Gesellschaft zu gehen. Dann hing er sich den Rosenkranz um den Hals. Das Parfüm öffnete er nicht, auch nicht die Weltkarte. Zuletzt stimmte er seine Gitarre. Während die anderen Männer sich anzogen, saß er da auf dem Rand seines Feldbettes und stimmte die Gitarre. Es war sonderbar, denn er muß gewußt haben, daß er sie nie wieder spielen würde.

Vogelrufe begleiteten die Männer durch die dunstigen Morgenwälder. Sie marschierten im Gänsemarsch, fünfzehn Männer in einer Gruppe, und ein Wächter am Ende jeder Reihe. Mr. Schaeffer schwitzte, als ob es ein heißer Tag wäre, und er konnte nicht Schritt halten mit seinem Freund, der vorausging, mit den Fingern schnalzte und den Vögeln etwas vorpfiff.

Ein Signal war ausgemacht worden. Tico Feo sollte rufen «Austreten» und tun, als ob er hinter einen Baum ginge. Aber Mr. Schaeffer wußte nicht, wann es geschehen würde.

Der Wächter Armstrong blies auf seiner Pfeife, und seine Männer fielen aus der Reihe und stellten sich auf ihre verschiedenen Plätze. Mr. Schaeffer, der, so gut er konnte, an seine Arbeit ging, achtete darauf, immer einen Standort zu haben, wo er sowohl auf Tico Feo als auch auf den Wächter ein Auge haben konnte. Armstrong saß auf einem Baumstumpf, ein Stück Kautabak machte sein Gesicht schief und sein Gewehr zeigte aufwärts zur Sonne. Er hatte die verschmitzten Augen eines Falschspielers; man konnte nicht sagen, wohin er wirklich schaute.

Einmal gab ein anderer Mann das Signal. Obwohl Mr. Schaeffer sofort erkannt hatte, daß es nicht die Stimme seines Freundes war, hatte die Panik ihm die Kehle wie mit einem Strick zugeschnürt. Als der Morgen sich hinzog, war ein solches Dröhnen in seinen Ohren, daß er fürchtete, er würde das Signal nicht hören, wenn es käme.

Die Sonne erkletterte den Zenit. «Er ist nur ein fauler Träumer. Es wird nie geschehen», dachte Mr. Schaeffer, und einen Moment wagte er es zu glauben. Aber «Erst essen wir», sagte Tico Feo mit praktischem Sinn, als sie ihre Essenseimer am Ufer oberhalb des Baches absetzten. Sie aßen schweigend, beinahe, als ob einer dem anderen grollte, aber schließlich fühlte Mr. Schaeffer die Hand seines Freundes mit sanftem Druck auf seiner eigenen.

«Mr. Armstrong, Austreten . . .»

Nahe dem Bach hatte Mr. Schaeffer einen süßen Gummibaum gesehen, und er dachte, es würde nun bald Frühling sein und der süße Gummi gerade recht zum Kauen. Ein scharfer Stein riß seine Handfläche auf, als er vom schlüpfrigen Ufer ins Wasser glitt. Er richtete sich auf und begann zu laufen; seine Beine waren lang, er hielt sich fast auf gleicher Höhe mit Tico Feo, und eisiges Wasser sprudelte um sie. Vor- und rückwärts durch die Wälder dröhnten die Rufe der Männer, hohl wie Stimmen in einer Höhle, drei Schüsse folgten, alle zu hoch, als ob die Wächter auf eine Schar Gänse schössen.

Mr. Schaeffer sah den Klotz nicht, der quer über den Bach lag. Er dachte, er liefe noch, und seine Beine schlugen um sich, er war wie eine Schildkröte, die hilflos auf dem Rücken lag.

Während er sich da abmühte, schien es ihm, als ob das Gesicht seines Freundes, das über ihm schwebte, ein Teil des Winterhimmels sei – es war so fern, richtend! Nur einen Augenblick schwebte es da, wie ein Kolibri, und doch hatte er in dieser Zeit erkannt, daß Tico Feo gar nicht gewünscht hatte, daß er es fertigbrächte, niemals geglaubt hatte, daß er es würde, und er erinnerte sich daran, daß er einmal gedacht hatte, es werde noch lange Zeit dauern, bis sein Freund ein erwachsener Mann sein würde. Als sie ihn fanden, lag er noch im knöcheltiefen Wasser, als ob es ein Sommernachmittag wäre und er müßig im Fluß schwämme.

Seither sind drei Winter vergangen, und von jedem sagte man, er sei der kälteste, der längste. Die zwei letzten Regenmonate wuschen tiefere Furchen in den Lehmweg, der zum Lager führt, und es ist schwerer als je dahinzukommen, und schwerer wegzukommen. Zwei Scheinwerfer sind zusätzlich an den Mauern angebracht worden, und dort brennen sie durch die Nacht, wie die Augen einer riesigen Eule. Sonst hat es keine großen Änderungen gegeben. Mr. Schaeffer, zum Beispiel, schaut noch ziemlich gleich aus, außer daß seine Haare weißer geworden sind und daß er infolge des gebrochenen Knöchels hinkt. Der Captain selbst hatte gesagt, Mr. Schaeffer habe sich den Knöchel beim Versuch, Tico Feo zu fangen, gebrochen. Es gab sogar ein Bild von Mr. Schaeffer in der Zeitung mit der Unterschrift: «Versuchte die Flucht zu verhindern.» Damals war er tief gedemütigt, nicht, weil er wußte, daß die anderen Männer lachten, sondern beim Gedanken daran, daß Tico Feo es sehen könnte. Aber er schnitt es jedenfalls aus der Zeitung aus und hebt es in einem Umschlag auf, zusammen mit mehreren Ausschnitten, die seinen Freund betreffen: ein lediges Frauenzimmer berichtete den Behörden, er habe ihr Haus betreten und sie geküßt, zweimal wurde berichtet, daß er in der Umgebung von Mobile gesehen worden sei, schließlich glaubte man, daß er das Land verlassen habe.

Niemand hat jemals Mr. Schaeffers Anspruch auf die Gitarre bestritten. Vor einigen Monaten wurde ein neuer Gefangener in das Schlafhaus eingewiesen. Es hieß, er sei ein guter Spieler, und Mr. Schaeffer wurde überredet, ihm die Gitarre zu leihen. Aber alle Melodien des Mannes kamen falsch heraus, denn es war, als ob Tico Feo, als er damals am letzten Morgen seine Gitarre stimmte, einen Fluch auf sie gelegt hätte. Nun liegt sie unter Mr. Schaeffers Feldbett und ihre gläsernen Diamanten werden gelb; in der Nacht sucht seine Hand sie manchmal, und seine Finger streichen über die Saiten: dann – die Welt.

Eine Weihnachts-Erinnerung

Stellt euch einen Morgen gegen Ende November vor! Das Heraufdämmern eines Wintermorgens vor mehr als zwanzig Jahren. Denkt euch die Küche eines weitläufigen alten Hauses in einem Landstädtchen. Ein großer schwarzer Kochherd bildet ihren wichtigsten Bestandteil, aber auch ein riesiger runder Tisch und ein Kamin sind da, vor dem zwei Schaukelstühle stehen. Und gerade heute begann der Kamin sein zur Jahreszeit passendes Lied anzustimmen.

Eine Frau mit kurzgeschorenem weißem Haar steht am Küchenfenster. Sie trägt Tennisschuhe und einen formlosen grauen Sweater über einem sommerlichen Kattunkleid. Sie ist klein und behende wie eine Bantam-Henne, aber infolge einer langen Krankheit in ihrer Jugend sind ihre Schultern kläglich verkrümmt. Ihr Gesicht ist auffallend: dem Lincolns nicht unähnlich, ebenso zerklüftet und von Sonne und Wind gegerbt; aber es ist auch zart, von feinem Schnitt, und die Augen sind sherryfarben und scheu. «O je», ruft sie aus, daß die Fensterscheibe von ihrem Hauch beschlägt, «es ist Früchtekuchen-Wetter!»

Der, zu dem sie spricht, bin ich. Ich bin sieben. Sie ist sechzig und noch etwas darüber. Wir sind Vetter und Base, zwar sehr entfernte, und leben zusammen seit – ach, solange ich denken kann. Es wohnen noch andere Leute im Haus, Verwandte; und obwohl sie Macht über uns haben und uns oft zum Weinen bringen, merken wir im großen und ganzen doch nicht allzuviel von ihnen. Wir sind jeder des andern bester Freund. Sie nennt mich Buddy, zum Andenken an einen Jungen, der früher mal ihr bester Freund war. Der andere Buddy starb in den achtziger Jahren, als sie noch ein Kind war. Sie ist noch immer ein Kind. «Ich wußte es, noch eh' ich aus dem Bett stieg», sagt sie und kehrt dem Fenster den Rücken. Ihre Augen leuchten zielbewußt. «Die Glocke auf dem Gericht hallte so kalt und klar. Und kein Vogel hat gesungen; sind vermutlich in wärmere Länder gezogen. O Buddy, hör' auf, Biskuits zu futtern, und hol' unser Wägelchen! Und hilf mir, meinen Hut suchen! Wir müssen dreißig Kuchen backen.»

So ist es immer: jedes Jahr im November dämmert ein Morgen herauf, und meine Freundin verkündet – wie um die diesjährige Weihnachtszeit feierlich zu eröffnen, die ihre Phantasie befeuert und die Glut ihres Herzens nährt –: «Es ist Früchtekuchen-Wetter! Hol' unser Wägelchen! Hilf mir meinen Hut suchen!»

Der Hut findet sich: ein Wagenrad aus Stroh, geschmückt mit Samtrosen, die in Luft und Licht verblaßten; er gehörte einmal einer eleganteren Verwandten. Zusammen ziehen wir unser Wägelchen, einen wackeligen Kinderwagen, aus dem Garten und zu einem Gehölz von Hickory-Nußbäumen. Das Wägelchen gehört mir, das heißt, es wurde für mich gekauft, als ich auf die Welt kam. Es ist aus Korbgeflecht, schon ziemlich aufgeräufelt, und die Räder schwanken wie die Beine eines Trunkenbolds. Doch ist es ein treuer Diener; im Frühling nehmen wir es mit in die Wälder und füllen es mit Blumen, Kräutern und wildem Farn für unsere Verandatöpfe; im Sommer häufen wir es voller Picknicksachen und Angelruten aus Zuckerrohr und lassen es zum Ufer eines Flüßchens hinunterrollen; auch im Winter findet es Verwendung: als Lastwagen, um Feuerholz vom Hof zur Küche zu befördern, und als warmes Bett für Queenie, unsern zähen kleinen rotweißen rattenfangenden Terrier, der die Staupe und zwei Klapperschlangenbisse überstanden hat. Queenie trippelt jetzt neben uns einher.

Drei Stunden darauf sind wir wieder in der Küche und entkernen eine gehäufte Wagenladung Hickory-Nüsse, die der Wind heruntergeweht hat. Vom Aufsammeln tut uns der Rücken weh: wie schwer sie unter dem welken Laub und im frostfahlen, irreführenden Gras zu finden waren! (Die Haupternte war schon von den Eigentümern des Wäldchens – und das sind nicht wir –, von den Bäumen geschüttelt und verkauft worden.) Krick-kräck! Ein lustiges Krachen, wie lauter Zwergen-Donnerschläge, wenn die Schalen zerbrechen und der goldene Hügel süßen, fetten, sahnefarbenen Nußfleisches in der Milchglasschüssel höhersteigt. Queenie bettelt um einen Kosthappen, und hin und wieder gönnt meine Freundin ihr verstohlen ein Krümchen, wenn sie auch beteuert, daß wir's nicht entbehren können. «Wir dürfen's nicht, Buddy! Wenn wir mal damit anfangen, nimmt's kein Ende. Und wir haben fast nicht genug. Für dreißig Früchtekuchen!» In der Küche dunkelt es. Die Dämmerung macht aus dem Fenster einen Spiegel: unsre Spiegelbilder, wie wir beim Feuerschein vor dem Kamin arbeiten, mischen sich mit dem aufgehenden Mond. Endlich, als der Mond schon sehr hoch steht, werfen wir die letzte Nußschale in die Glut und sehen gemeinschaftlich seufzend zu, wie sie Feuer fängt. Das Wägelchen ist leer, die Schüssel ist bis zum Rande voller Nußkerne.

Wir essen unser Abendbrot (kalte Biskuits, Brombeermus und Speck) und besprechen den nächsten Tag. Morgen beginnt der Teil der Arbeit, der mir am besten gefällt: das Einkaufen. Kandierte Kirschen und Zitronen, Ingwer und Vanille und Büchsen-Ananas aus Hawaii, Orangeat und Zitronat und Rosinen und Walnüsse und Whisky und, oh, was für eine Unmenge Mehl und Butter, und so viele Eier und Gewürze und Aroma – jemine!, wir brauchen wohl gar ein Pony, um das Wägelchen nach Hause zu ziehen!

Doch ehe die Einkäufe gemacht werden können, muß die Geldfrage gelöst werden. Wir haben beide keins, abgesehen von kläglichen Summen, mit denen uns die Leute aus dem Haus gelegentlich versehen (ein Zehner gilt schon als sehr viel Geld), oder von dem, was wir auf mancherlei Art selbst verdienen, indem wir einen Ramsch-Verkauf veranstalten oder Eimer voll handgepflückter Brombeeren und Gläser mit hausgemachter Marmelade, mit Apfelgelée und Pfirsichkompott verkaufen oder für Begräbnisse und Trauungen Blumen pflücken. Mal haben wir auch bei einem nationalen Fußball-Toto den neunundsiebzigsten Preis gewonnen, fünf Dollar! Nicht etwa, daß wir auch nur eine blasse Ahnung vom Fußball hätten! Es ist vielmehr so, daß wir einfach bei jedem Wettbewerb mitmachen, von dem wir hören. Augenblicklich richtet sich all unsre Hoffnung auf das große Preisausschreiben, bei dem man fünfzigtausend Dollar für den Namen einer neuen Kaffeesorte gewinnen kann (wir schlugen A.M.* vor, und nach einigem Zaudern — denn meine Freundin fand es möglicherweise frevelhaft — den Slogan *A. M. = Amen!*). Unser einziges wirklich einträgliches Unternehmen war, um die Wahrheit zu gestehen, das Unterhaltungs- und Monstrositäten-Kabinett, das wir vor zwei Jahren in einem Holzschuppen auf dem Hof eröffnet hatten. Die Unterhaltung lieferte ein Stereoptikon mit Ansichten aus Washington und New York, das uns eine Verwandte geliehen hatte, die dort gewesen war (als sie entdeckte, weshalb wir es geborgt hatten, wurde sie wütend); in der Monstrositäten-Abteilung hatten wir ein Küken mit drei Beinen, das eine von unsern eigenen Hennen ausgebrütet hatte. Jeder aus der ganzen Gegend wollte das Küken sehen: wir verlangten von Erwachsenen einen Nickel und von Kindern zwei Cents und nahmen gute zwanzig Dollar ein, ehe das Kabinett infolge Ablebens seiner Haupt-Attraktion schließen mußte.

Irgendwie jedoch sparen wir jedes Jahr unser Weihnachtsgeld zusammen, in einer Früchtekuchen-Kasse. Wir bewahren das Geld in einem Versteck auf: in einer alten, perlenbestickten Geldbörse unter einer losen Diele unter dem Estrich unter dem Nachttopf unter dem Bett meiner Freundin. Die Geldbörse wird selten aus dem sicheren Gewahrsam hervorgeholt, es sei denn, um eine Einlage zu machen oder, wie es jeden Samstag vorkommt, um etwas abzuheben; denn samstags darf ich zehn Cents haben, um ins Kino zu gehen. Meine Freundin ist noch niemals in einem Kino gewesen und hat auch nicht die Absicht, je hinzugehen. «Lieber laß' ich mir die Geschichte von dir erzählen, Buddy! Dann kann ich's mir viel schöner ausmalen. Außerdem muß man in meinem Alter mit seinem Augenlicht schonend umgehen. Wenn der HERR kommt, möcht' ich IHN deutlich erkennen.» Aber nicht nur, daß sie nie in einem Kino war: sie hat auch nie in einem Restaurant gegessen, ist nie weiter als zehn Kilometer von zu Hause fort gewesen, hat nie ein Telegramm erhalten oder abgeschickt, hat nie etwas anderes gelesen als das Witzblatt und die Bibel, hat sich nie geschminkt, hat nie geflucht, nie jemandem etwas Böses gewünscht, nie absichtlich gelogen und nie einen hungrigen Hund von der Tür gescheucht. Und nun ein paar von den Dingen, die

* a. m. = ante meridiem = vormittags

sie getan hat und noch tut: mit einer Hacke die größte Klapperschlange totgeschlagen, die man jemals hierzulande gesehen hat (mit sechzehn Klappern), nimmt Schnupftabak (heimlich), zähmt Kolibris (versucht's nur mal!), bis sie ihr auf dem Finger balancieren, erzählt Geistergeschichten (wir glauben beide an Geister), aber so gruselige, daß man im Juli eine Gänsehaut bekommt, hält Selbstgespräche, geht gern im Regen spazieren, zieht die schönsten Japonikas der Stadt und kennt das Rezept für jedes alte indianische Hausmittel, auch den Warzen-Zauber.

Jetzt, nach beendetem Abendbrot, ziehen wir uns in einen abgelegenen Teil des Hauses in das Zimmer zurück, in dem meine Freundin in einem eisernen Bett schläft, das in ihrer Lieblingsfarbe, Rosa, gestrichen und mit einer bunten Flickerlsteppdecke zugedeckt ist. Stumm und in Verschwörerwonnen schwelgend, holen wir die Perlenbörse aus ihrem geheimen Versteck und schütten ihren Inhalt auf die Flickerldecke: Dollarscheine, fest zusammengerollt und grün wie Maiknospen; düstere Fünfzig-Cent-Stücke, schwer genug, um einem Toten die Lider zu schließen; hübsche Zehner, die munterste Münze, eine, die wirklich silbern klingelt; Nickel und Vierteldollars, glattgeschliffen wie Bachkiesel; aber hauptsächlich ein hassenswerter Haufen bitter riechender Pennies. Im vergangenen Sommer verpflichteten sich die andern im Haus, uns für je fünfundzwanzig totgeschlagene Fliegen einen Penny zu zahlen. Oh, welch ein Gemetzel im August: wieviel Fliegen flogen in den Himmel! Doch es war keine Beschäftigung, auf die man stolz sein konnte. Und während wir jetzt dasitzen und die Pennies zählen, ist es uns, als ob wir wieder Tote-Fliegen-Tabellen aufstellten. Wir haben beide keinen Zahlensinn: wir zählen langsam, kommen durcheinander und müssen wieder von vorn anfangen. Auf Grund ihrer Berechnungen haben wir zwölf Dollar dreiundsiebzig. Auf Grund meiner genau dreizehn Dollar. «Hoffentlich hast du dich verzählt, Buddy! Mit dreizehn können wir nichts anfangen. Dann gehen uns die Kuchen nicht auf. Oder jemand stirbt daran. Wo es mir doch nicht im Traum einfallen würde, am dreizehnten aufzustehen!» Es ist wahr: den Dreizehnten jeden Monats verbringt sie im Bett. Um also ganz sicher zu gehen, nehmen wir einen Penny und werfen ihn aus dem Fenster.

Von den Zutaten, die wir für unsere Früchtekuchen brauchen, ist Whisky am teuersten, und er ist auch am schwierigsten zu beschaffen. Das Gesetz verbietet den Verkauf in unserem Staat. Doch jedermann weiß, daß man bei Mr. Haha Jones eine Flasche kaufen kann. Und am folgenden Tag, nachdem wir unsere prosaischeren Einkäufe gemacht haben, begeben wir uns zu Mr. Hahas Geschäftslokal, einem nach Ansicht der Leute «lasterhaften» Fischrestaurant und Tanzcafé unten am Fluß. Wir sind schon früher dort gewesen, und um das gleiche zu besorgen; doch in den voraufgegangenen Jahren hatten wir mit Hahas Frau zu tun, einer jodbraunen Indianerin mit messinggelb gebleichtem Haar, die stets todmüde ist. Ihren Mann haben wir noch nie zu Gesicht bekommen, obwohl wir gehört haben, daß er auch ein Indianer ist. Ein Riese mit tiefen Rasiermessernarben auf beiden Backen. Er wird «Haha» genannt, weil er so düster ist — ein Mann, der nie lacht. Je mehr wir uns seinem Café nähern (einer großen Blockhütte, die innen und außen mit grellbunten Ketten nackter elektrischer Birnen bekränzt ist und am schlammigen Flußufer steht, im Schatten von Uferbäumen, durch deren Zweige die Flechten wie graue Nebel wehen), um so langsamer werden unsere Schritte. Sogar Queenie hört auf zu springen und geht bei Fuß. In Hahas Café sind schon Leute ermordet worden. Aufgeschlitzt. Den Schädel eingeschlagen. Im nächsten Monat wird wieder ein Fall vor Gericht verhandelt. Natürlich ereignen sich solche Vorfälle in der Nacht, wenn die bunten Lämpchen verrückte Muster bilden und das Grammophon winselt. Am Tage ist Hahas Café schäbig und öde. Ich klopfe an die Tür, Queenie bellt, und meine Freundin ruft: «Mrs. Haha, Ma'am? Ist jemand da?»

Schritte. Die Tür geht auf. Das Herz bleibt uns stehen. Es ist Mr. Haha Jones persönlich! Und er ist tatsächlich ein Riese; er hat tatsächlich Narben; er lächelt tatsächlich nicht. Nein, aus schrägstehenden Satansaugen stiert er uns finster an und begehrt zu wissen: «Was wollt ihr von Haha?»

Einen Augenblick sind wir zu betäubt, um zu sprechen. Dann findet meine Freundin ihre Stimme wieder, bringt aber nicht mehr als ein Flüstern zustande: «Bitte schön, Mr. Haha, wir möchten gern ein Liter von Ihrem besten Whisky!»

Seine Augen werden noch schräger. Nicht zu glauben: Haha lächelt! Er lacht sogar! «Wer von euch beiden ist denn fürs Trinken?»

«Wir brauchen den Whisky für Früchtekuchen, Mr. Haha. Zum Backen!»

Das ernüchtert ihn. Er zieht die Augenbrauen zusammen. «Ist doch keine Art, guten Whisky zu verschwenden!» Trotzdem verzieht er sich in das schattige Café und erscheint ein paar Sekunden darauf mit einer Flasche butterblumengelben Alkohols ohne Etikett. Er läßt den Whisky im Sonnenlicht funkeln und sagt: «Zwei Dollar!»

Wir zahlen – mit Nickeln und Zehnern und Pennies. Plötzlich wird sein Gesicht weich, und er klimpert mit den Münzen in seiner Hand, als ob's eine Faust voll Würfel wäre. «Ich will euch was sagen», schlägt er uns vor und läßt das Geld wieder in unsere Perlbörse rutschen, «schickt mir statt dessen einen von euren Früchtekuchen!»

«Nein, wirklich», sagt meine Freundin auf dem Heimweg, «was für ein reizender Mann! In seinen Früchtekuchen tun wir eine ganze Tasse Rosinen extra!»

Der schwarze Herd, der mit Kleinholz und Kohle gefüttert wird, glüht wie eine ausgehöhlte Kürbislaterne. Schneebesen schwirren, Löffel mahlen in Schüsseln voll Butter und Zucker, Vanille durchduftet die Luft, Ingwer würzt sie; schmelzende, die Nase kitzelnde Gerüche durchtränken die Küche, überschwemmen das ganze Haus und schweben mit den Rauchwölkchen durch den Kamin in die Welt hinaus. In vier Tagen haben wir die Arbeit geschafft. Einunddreißig Kuchen, mit Whisky befeuchtet, lagern warm auf Fensterbrettern und Regalen.

Für wen sind sie?

Für Freunde. Nicht unbedingt für Nachbarn. Nein, der größte Teil ist für Leute bestimmt, die wir vielleicht einmal, vielleicht auch nie gesehen haben. Leute, die unsere Phantasie beschäftigen. Wie der Präsident Roosevelt. Wie Ehrwürden und Mrs. J. C. Lucey, Baptisten-Missionare auf Borneo, die im vergangenen Winter hier einen Vortrag hielten. Oder der kleine Scherenschleifer, der zweimal jährlich durchs Städtchen kommt. Oder Abner Packer, der

Fahrer vom Sechs-Uhr-Autobus aus Mobile, der uns tagtäglich zuwinkt, wenn er in einer Staubwolke vorüberbraust. Oder die jungen Winstons, ein Ehepaar aus Kalifornien, deren Wagen eines Tages vor unserer Haustür eine Panne hatte und die eine Stunde lang so nett mit uns auf der Veranda verplauderten (Mr. Winston machte eine Aufnahme von uns, die einzige, die es von uns beiden gibt). Kommt es wohl daher, weil meine Freundin vor jedermann mit Ausnahme von Fremden scheu ist, daß uns die Fremden, flüchtige Zufallsbekannte, als unsre wahren Freunde erscheinen? Ich glaube, ja. Und die Sammelbücher, in die wir die Danksagungen auf Regierungsbriefpapier und hin und wieder eine Mitteilung aus Kalifornien oder Borneo und die Penny-Postkarten vom Scherenschleifer einkleben, geben uns das Gefühl, mit ereignisreicheren Welten verbunden zu sein, als es die Küche mit dem Blick auf einen abgeschnittenen Himmel ist.

Jetzt schabt ein dezemberkahler Feigenbaumzweig gegen das Fenster. Die Küche ist leer; die Kuchen sind fort. Gestern haben wir die letzten im Wägelchen zur Post gefahren, wo der Ankauf von Briefmarken unsre Börse umgestülpt hat. Wir sind pleite. Ich bin deswegen ziemlich niedergeschlagen, aber meine Freundin besteht darauf, zu feiern, und zwar mit einem zwei Finger breiten Rest Whisky in Hahas Flasche. Queenie bekommt einen Teelöffel voll in ihren Kaffeenapf (sie nimmt ihren Kaffee gern stark und mit Zichorie gewürzt). Das übrige verteilen wir auf zwei leere Gelee-Gläser. Wir sind beide ganz ängstlich, daß wir unverdünnten Whisky trinken wollen; der Geschmack zieht uns das Gesicht zusammen, und wir müssen uns grimmig schütteln. Aber allmählich fangen wir an zu singen, und gleichzeitig singen wir beide zwei verschiedene Lieder. Ich kann die Worte meines Liedes nicht richtig, bloß: *Kommt nur all, kommt nur all, in der Niggerstadt ist Stutzerball!* Aber ich kann tanzen. Stepptänzer im Film, das will ich nämlich werden. Mein tanzender Schatten hüpft über die Wände, von unseren Stimmen zittert das Porzellan; wir kichern, als ob unsichtbare Hände uns kitzelten. Queenie wälzt sich auf dem Rücken, ihre Pfoten trommeln durch die Luft, eine Art Grinsen verzerrt ihre schwarzen Lippen. Innerlich bin ich so warm und feurig wie die zerbröckelnde Glut der Holzscheite und so sorglos wie der Wind im Kamin. Meine Freundin walzt um den Kochherd und hält den Saum ihres billigen Kattunrocks zwischen den Fingerspitzen, als ob er ein Ballkleid wäre. *Zeig mir den Weg, der nach Hause führt,* singt sie, und ihre Tennisschuhe quietschen über den Fußboden. *Zeig mir den Weg, der nach Hause führt!*

Es treten auf: zwei Verwandte. Sehr empört. Allgewaltig mit Augen, die schelten, mit Zungen, die ätzen. Hört zu, was sie zu sagen haben, und wie die Worte in zorniger Melodie übereinanderpurzeln: «Ein kleiner siebenjähriger Junge! Der nach Whisky riecht! Bist du von Gott verlassen? Einem Siebenjährigen so etwas zu geben! Mußt verrückt geworden sein! Der Weg, der ins Verderben führt! Hast wohl Base Kate vergessen? Und Onkel Charlie? Und Onkel Charlies Schwager? Schande! Skandal! Demütigend! Kniet nieder und betet, betet zum HERRN!» Queenie verkriecht sich unter dem Herd. Meine Freundin starrt auf ihre Schuhe, ihr Kinn zittert, sie hebt den Rock, schnaubt sich die Nase und läuft in ihr Zimmer. Lange nachdem die Stadt schlafen gegangen und das Haus verstummt ist und nur noch das Schlagen der Turmuhr und das Wispern der erlöschenden Glut verbleibt, weint sie in ihr Kissen hinein, das schon so naß ist wie ein Witwentaschentuch.

«Weine doch nicht!» sage ich zu ihr. Ich sitze am Fußende ihres Bettes und zittere meinem Flanellnachthemd zum Trotz, das noch nach dem Hustensaft vom vorigen Winter riecht; «weine doch nicht!» bitte ich sie und kitzle sie an den Zehen und an den Fußsohlen, «du bist zu alt dafür!»

«Das ist's ja», schluchzt sie, «ich *bin* zu alt. Alt und komisch.»

«Nicht komisch. Lustig. Mit keinem ist's so lustig wie mit dir. Laß doch! Wenn du nicht aufhörst mit Weinen, bist du morgen so müde, daß wir nicht fortgehen und den Baum abhacken können.»

Sie richtet sich auf. Queenie springt aufs Bett (was sie sonst nicht darf) und leckt ihr die Wangen. «Ich weiß eine Stelle, Buddy, wo es wunderschöne Bäume gibt. Und auch Stechpalmen. Mit Beeren, so groß wie deine Augen. Weit weg im Wald. Weiter, als wir je gewesen sind. Papa hat dort immer unsern Weihnachtsbaum geholt und auf der Schulter nach Hause getragen. Das war vor fünfzig Jahren. Ach, ich kann's gar nicht mehr abwarten, bis es morgen früh ist.»

Am andern Morgen. Das Gras funkelt im Rauhreif. Die Sonne, rund wie eine Orange und orangerot wie Heißwettermonde, tänzelt über den Horizont und überglüht die versilberten Winterwälder. Ein wilder Truthahn ruft. Im Unterholz grunzt ein ausgerissenes Schwein. Bald sind wir am Rand eines knietiefen, schnellfließenden Wassers und müssen das Wägelchen stehenlassen. Queenie watet zuerst durch den Bach, paddelt hinüber und bellt klagend, weil die Strömung rasch ist und das Wasser so kalt, um Lungenentzündung zu bekommen. Wir folgen und halten unsre Schuhe und unsere Ausrüstung (ein Beil und einen Jutesack), über den Kopf. Noch fast zwei Kilometer weiter: strafende Dornen, Kletten und Brombeerranken verhäkeln sich in unsern Kleidern; rostrote Kiefernadeln leuchten mit grellbunten Schwämmen und ausgefallenen Vogelfedern. Hier und dort erinnern uns ein Aufblitzen, ein Flattern und ein schrilles Aufkreischen daran, daß nicht alle Vögel gen Süden gezogen sind. Immer wieder windet sich der Pfad durch zitronengelbe Sonnentümpel und pechdunkle Rankentunnel. Dann ist noch ein Bach zu überqueren: von einer aufgescheuchten Armada gesprenkelter Forellen schäumt das Wasser um uns her, und Frösche von Tellergröße üben sich im Bauchsprung; Biber-Baumeister arbeiten an einem Damm. Am andern Ufer steht Queenie, schüttelt sich und zittert. Auch meine Freundin zittert, aber nicht vor Kälte, sondern vor Begeisterung. Als sie den Kopf hebt, um die kieferndufts chwere Luft einzuatmen, wirft eine von den zerlumpten Rosen auf ihrem Hut ein Blütenblatt ab. «Wir sind gleich dort, Buddy! Riechst du ihn schon?» fragte sie, als ob wir uns einem Ozean näherten.

Und es ist wirklich eine Art Ozean. Duftende Bestände von Festtagsbäumen, stachelblättrige Stechpalmen. Rote Beeren, die wie chinesische Ballonblumen blinken: schwarze Krähen stoßen krächzend auf sie nieder. Nachdem wir unseren Jutesack so mit Grünzeug und roten Beeren vollgestopft haben, daß wir ein Dutzend Fenster bekränzen können, machen wir uns daran, einen Baum zu wählen. «Er soll zweimal so groß wie ein Junge sein», sagt meine Freundin nachdenklich. «Damit ein Junge nicht den Stern stibitzen kann.» Der Baum, den wir schließlich auswählen, ist zweimal so hoch wie ich. Ein wackerer, schmucker Geselle, hält er dreißig Beilhieben stand, bevor er krachend mit durchdringendem Schrei umkippt. Dann beginnt der lange Treck nach draußen: wir schleppen ihn wie ein Stück Jagdbeute ab. Alle paar Meter geben wir den Kampf auf, setzen uns hin und keuchen. Aber wir haben die Kraft siegreicher Jäger; das und der starke, eisige Duft des Baumes beleben uns und spornen uns an. Auf der Rückkehr zur Stadt, bei Sonnenuntergang die rote Lehmstraße entlang, begleiten uns zahlreiche Komplimente; doch meine Freundin ist listig und verschwiegen, wenn Vorübergehende den in unserm Wägelchen thronenden Schatz loben: was für ein schöner Baum, und woher er käme. «Von da drüben», murmelt sie unbestimmt. Einmal hält ein Wagen, und die träge Frau des reichen Mühlenbesitzers lehnt sich heraus und plärrt: «Ich geb euch 'n Vierteldollar für den schäbigen Baum!» Im allgemeinen sagt meine Freundin nicht gern nein; aber diesmal schüttelt sie sofort den Kopf: «Auch nicht für'n Dollar!» Die Frau des Mühlenbesitzers läßt nicht locker: «'n Dollar? Ist ja verrückt! Fünfzig Cents – das ist mein letztes Wort. Meine Güte, Frau, ihr könnt euch ja 'n andern holen!» Anstatt einer Antwort spricht meine Freundin sanft und nachdenklich vor sich hin: «Da hab ich meine Zweifel. Zweimal das gleiche: das gibt's nicht auf der Welt.»

Zu Hause. Queenie sackt vor dem Kamin zusammen und schläft, laut wie ein Mensch schnarchend, bis zum nächsten Morgen.

Ein Koffer in der Bodenkammer enthält: einen Schuhkarton voller Hermelinschwänze (vom Opern-Umhang einer merkwürdigen Dame, die mal im Haus ein Zimmer gemietet hatte), Ketten zerfransten Lamettas, das vor Alter goldbraun wurde, einen Silberstern und eine kurze Schnur mit altersschwachen, bestimmt gefährlichen, kerzenförmigen elektrischen Birnen. Ausgezeichneter Schmuck, soweit vorhanden, und das ist nicht viel: meine Freundin möchte, daß unser Baum strahlt «wie ein Baptisten-Fenster» und daß er die Zweige unter Schneelasten von Schmuck niederhängen läßt. Doch die *made-in-Japan*-Herrlichkeiten des Einheitspreis-Ladens können wir uns nicht leisten. Daher machen wir, was wir immer gemacht haben: wir sitzen mit Schere und Bleistift und Stapeln von Buntpapier tagelang am Küchentisch. Ich mache Skizzen, und meine Freundin schneidet sie aus: eine Menge Katzen, auch Fische (weil sie leicht zu zeichnen sind), ein paar Äpfel, ein paar Wassermelonen, ein paar Engel mit Flügeln, die wir aus aufgespartem Silberpapier von Hershey-Riegeln zurechtbasteln. Wir benutzen Sicherheitsnadeln, um unsre Kunstwerke am Baum zu befestigen. Um ihm den letzten Schliff zu geben, bestreuen wir die Zweige mit zerschnittener Baumwolle (die wir zu diesem Zweck im August selber gepflückt haben). Meine Freundin betrachtet die Wirkung prüfend und schlägt die Hände zusammen. «Nun sag' mal ehrlich, Buddy: sieht's nicht zum Fressen schön aus?» Queenie versucht, einen Engel zu fressen.

Nachdem wir Stechpalmengirlanden für sämtliche Vorderfenster geflochten und mit Bändern umwunden haben, besteht unsere nächste Aufgabe im Fabrizieren von Geschenken für die Familie. Halstücher für die Damen aus Schnurbatik, für die Herren ein hausgemachter Sirup aus Zitronen, Lakritzen und Aspirin, einzunehmen «bei den ersten Symptomen einer Erkältung» sowie nach der Jagd. Aber als es an der Zeit ist, unsre gegenseitigen Geschenke vorzubereiten, trennen wir uns, um im geheimen zu arbeiten. Kaufen würde ich ihr gern: ein Messer mit Perlmuttergriff, ein Radio, ein ganzes Pfund Kirsch-Pralinés (wir haben mal ein paar gekostet, und seither beteuert sie: «Davon könnt' ich leben, Buddy, weiß Gott, das könnt' ich – und hab' Seinen Namen damit nicht unnütz in den Mund genommen.»). Statt dessen baue ich ihr einen Drachen. Und sie würde mir gern ein Fahrrad kaufen. (Sie hat's mir schon millionenmal gesagt: «Wenn ich's nur könnte, Buddy! 's ist schlimm genug, wenn man im Leben auf etwas verzichten muß, was man selbst gern haben möchte; aber was mich, zum Kuckuck, richtig verrückt macht, ist, wenn man einem andern nicht das schenken kann, was man ihm so sehr wünscht! Doch eines Tages tu' ich's, Buddy! Ich verschaffe dir ein Rad! Frag' mich nicht, wie. Vielleicht stehl' ich's.») Statt dessen, davon bin ich ziemlich überzeugt, baut sie mir wahrscheinlich auch einen Drachen – ebenso wie voriges Jahr und das Jahr davor: und ein Jahr noch weiter davor haben wir uns gegenseitig Schleudern gebastelt. Was mir alles sehr recht ist. Denn wir sind Champions im Drachensteigenlassen und studieren den Wind wie die Matrosen; meine Freundin, die mehr Talent hat als ich, kann einen Drachen in die Lüfte schicken, wenn nicht mal so viel Brise da ist, um die Wolken zu tragen.

Am Heiligabend kratzen wir nachmittags einen Nickel zusammen und gehen zum Metzger, um Queenies herkömmliches Geschenk, einen guten, abnagbaren Rindsknochen zu kaufen. Der Knochen wird in lustiges Papier gewickelt und hoch in den Baum gehängt, in die Nähe des Silbersterns. Queenie weiß, daß er da ist. Sie hockt am Fuß des Baumes und starrt, vor Gier gebannt, nach oben: als es Schlafenszeit ist, weigert sie sich, von der Stelle zu gehen. Ihre Aufregung ist ebenso groß wie meine eigene. Ich zerwühle meine Bettdecken und drehe das Kopfkissen herum, als hätten wir eine sengendheiße Sommernacht. Irgendwo kräht ein Hahn: irrtümlicherweise, denn die Sonne ist noch auf der andern Seite der Erde.

«Buddy, bist du wach?» Es ist meine Freundin, die von ihrem Zimmer aus ruft, das neben meinem liegt; und einen Augenblick drauf sitzt sie auf meinem Bettrand und hält eine Kerze in der Hand. «Ach, ich kann kein Auge zumachen», erklärt sie. «Meine Gedanken hüpfen wie Kaninchen herum. Buddy, glaubst du, daß Mrs. Roosevelt unsern Kuchen zum Weihnachtsessen auftragen läßt?» Wir kuscheln uns im Bett zusammen, und sie drückt mir die Hand «Hab-dich-lieb». «Mir scheint, deine Hand war früher viel kleiner. Ach, mir ist's schrecklich, wenn du älter wirst! Wenn du groß bist – ob wir dann noch Freunde sind?» Ich antworte, immer! «Aber ich bin so traurig, Buddy! Ich wollte dir so gern ein Fahrrad schenken. Ich hab' versucht, die Kameenbrosche zu verkaufen, die Papa mir geschenkt hatte. Buddy ...» Sie stockt, als sei sie zu verlegen. «Ich hab' dir wieder einen Drachen gemacht!» Dann gestehe ich, daß ich ihr auch einen gemacht habe, und wir lachen. Die Kerze brennt so weit herunter, daß man sie nicht mehr halten kann. Sie geht aus, und der Sternenschimmer ist wieder da, und die Sterne kreisen vor dem Fenster wie ein sichtbares Jubilieren, das der Anbruch des Tages langsam, ach, so langsam zum

Verstummen bringt. Vielleicht schlummern wir ein bißchen; aber die Morgendämmerung spritzt uns wie kaltes Wasser ins Gesicht; wir sind auf, mit großen Augen, und wandern umher und warten, daß die andern aufwachen. Mit voller Absicht läßt meine Freundin einen Kessel auf den Küchenfußboden fallen. Ich stepptanze vor verschlossenen Türen. Eins ums andere tauchen die Familienmitglieder auf und sehen aus, als ob sie uns am liebsten umbringen würden; aber es ist Weihnachten, daher können sie's nicht. Zuerst gibt's ein großartiges Frühstück; es ist einfach alles da, was man sich nur vorstellen kann: von Pfannkuchen und Eichhörnchenbraten bis zu Maisgrütze und Wabenhonig. Was alle in gute Laune versetzt, mich und meine Freundin ausgenommen. Offengestanden können wir vor Ungeduld, daß es endlich mit den Geschenken losgehen soll, keinen Bissen essen.

Leider bin ich enttäuscht. Das wäre wohl jeder. Socken, ein Sonntagsschulhemd, ein paar Taschentücher, ein fertiggekaufter Sweater und ein Jahresabonnement auf eine fromme Zeitschrift für Kinder: *Der kleine Hirte.* Ich platze vor Ärger. Wahrhaftig!

Meine Freundin macht einen besseren Fang. Ein Beutel mit Satsuma-Mandarinen – das ist ihr bestes Geschenk. Sie selbst ist jedoch stolzer auf einen weißwollenen Schal, den ihre verheiratete Schwester ihr gestrickt hat. Aber *sagen* tut sie, ihr schönstes Geschenk sei der Drachen, den ich ihr gebaut habe. Und er *ist* auch sehr schön, wenn auch nicht ganz so schön wie der, den sie mir gemacht hat, denn der ist blau und übersät mit goldenen und grünen Leitsternen, und außerdem ist noch mein Name, Buddy, draufgemalt.

«Buddy, der Wind weht!»

Der Wind weht, und alles andere ist uns einerlei, bis wir zum Weideland hinter dem Haus gerannt sind, wo Queenie hingerast ist, um ihren Knochen zu vergraben (und wo sie selbst einen Winter drauf begraben wird). Dort tauchen wir in das gesunde, gürtelhohe Gras, wickeln an unsern Drachen die Schnur auf und fühlen, wie sie gleich Himmelsfischen an der Schnur zerren und in den Wind hineinschwimmen. Zufrieden und sonnenwarm lagern wir uns im Gras, schälen Mandarinen und sehen den Kunststückchen unsrer Drachen zu. Bald habe ich die Socken und den fertiggekauften Sweater vergessen. Ich bin so glücklich, als hätten wir beim Großen Preisausschreiben die fünfzigtausend Dollar für den Kaffeenamen gewonnen.

«Ach, wie dumm ich auch bin», ruft meine Freundin und ist plötzlich so munter wie eine Frau, der es zu spät einfällt, daß sie einen Kuchen im Ofen hat. «Weißt du, was ich immer geglaubt habe?» fragt sie mit Entdeckerstimme und lächelt nicht mich an, sondern über mich hinaus. «Ich hab' immer gedacht, der Mensch müßte erst krank werden und im Sterben liegen, ehe er den HERRN zu Gesicht bekommt. Und ich hab' mir vorgestellt, wenn ER dann käme, wär's so, wie wenn man auf das Baptisten-Fenster schaut: schön wie farbiges Glas, durch das die Sonne scheint, und solch ein Glanz, daß man nicht merkt, wenn's dunkel wird. Und es ist mir ein Trost gewesen, an den Glanz zu denken, der alles Spukgefühl fortjagt. Aber ich wette, daß es gar nicht so kommt. Ich wette, zuallerletzt begreift der Mensch, daß der HERR sich bereits gezeigt hat. Daß einfach alles, wie es ist (ihre Hand beschreibt einen Kreis, der Wolken und Drachen und Gras und Queenie einschließt, die eifrig Erde über ihren Knochen scharrt), und eben das, was der Mensch schon immer gesehen hat — daß das ‹IHN-Sehen› war. Und ich — ich könnte mit dem Heute in den Augen die Welt verlassen.»

Es ist unser letztes, gemeinsames Weihnachten. Das Leben trennt uns. Die Alles-am-besten-Wisser bestimmen, daß ich auf eine Militärschule gehöre. Und so folgt eine elende Reihe von Gefängnissen mit Signalhörnern oder grimmigen, von Reveille-Klängen verpesteten Sommerlagern. Ich habe auch ein neues Zuhause. Aber das zählt nicht. Zu Hause ist dort, wo meine Freundin ist, und ich komme nie dorthin.

Und sie bleibt dort und kramt in der Küche herum. Allein mit Queenie. Dann ganz allein. («Liebster Buddy», schreibt sie in ihrer wilden, schwerleserlichen Schrift, «gestern hat Jim Macys Pferd ausgeschlagen und Queenie einen schlimmen Tritt versetzt. Sei dankbar, daß sie nicht viel gespürt hat. Ich hab' sie in ein feines Leinentuch eingewickelt und im Wägelchen zu Simpsons Weideland hinuntergefahren, wo sie nun bei all ihren vergrabenen

Knochen ist.») Ein paar Novembermonate hindurch fährt sie noch fort, alleine Früchtekuchen zu backen; nicht so viele wie früher, aber einige, und natürlich schickt sie mir immer das «Pracht-Exemplar». Sie fügt auch in jedem Brief einen dick in Toilettenpapier eingewickelten Zehner bei: «Geh in einen Film und erzähl mir im nächsten Brief die Geschichte!» Aber allmählich verwechselt sie mich in ihren Briefen mit ihrem andern Freund, mit dem Buddy, der in den achtziger Jahren starb. Immer häufiger ist der Dreizehnte nicht der einzige Tag des Monats, an dem sie im Bett bleibt. Und es kommt ein Morgen im November, der Anbruch eines blätterkahlen, vogelstummen Wintermorgens, an dem sie sich nicht aufraffen kann, um auszurufen: «O je, 's ist Früchtekuchen-Wetter!»

Und als *das* geschieht, weiß ich Bescheid. Der Brief, der es mir mitteilt, bestätigt nur die Meldung, die eine geheime Ader schon erhalten hat und durch die ein unersetzbares Teil meiner selbst von mir getrennt und freigelassen wird wie ein Drachen an einer gerissenen Schnur. Deshalb muß ich jetzt an diesem bestimmten Dezembermorgen, während ich über den Schul-Campus wandere, immer wieder den Himmel absuchen. Als ob ich erwarte, ein verirrtes Drachenpaar zu sehen, das, fast zwei Herzen gleichend, gen Himmel eilt.

INHALT

Frühstück bei Tiffany 5
Das Blumenhaus 91
Die Diamanten-Gitarre 109
Eine Weihnachts-Erinnerung 121

Nachwort 139

Nachwort zum Film

Es beginnt mit der melancholisch heiteren Stimmung nach einer durchtanzten Nacht. Die Klarheit des Morgens hat die Erinnerung an die vergangenen Stunden noch nicht ganz verwischt. Durch eine noch menschenleere Straßenschlucht in Manhattan gleitet ein Taxi. An der Kreuzung steigt eine Frau aus. Schön, schlank, schwarzes Abendkleid, große Sonnenbrille, um den Hals eine Perlenkette und in der Hand einen Kaffeebecher und ein Croissant. Sie streicht an den Schaufenstern der Marmorfassade vorbei, und ihren Bewegungen sieht man den Walzer der vergangenen Nacht an – «Moon River» von Henri Mancini. Das ist eine der ewigen Szenen der Filmgeschichte, ein Bild wie das nächtliche Rollfeld aus «Casablanca» oder die Hafentreppe von Odessa aus «Panzerkreuzer Potemkin». So fängt «Frühstück bei Tiffany» an, der Film war der erste große Erfolg des Regisseurs Blake Edwards, und er war eine Liebeserklärung an die Hauptdarstellerin Audrey Hepburn.

«Frühstück bei Tiffany» ist kein Film, eher ein Rausch, eine Champagnerlaune, schwerelos, traumversunken und leicht melancholisch. Das alte Hollywood, mit Studios, Starsystem und dem zwanghaften Glücksversprechen, trumpft hier noch einmal auf. Blake Edwards' Film ist der strahlende Schlußakkord einer Epoche. Was danach kommt, taugt nicht mal mehr zum Abgesang.

Dafür bleibt von Capotes Erzählung auf den ersten Blick kaum mehr als die Essenz erhalten: Junger Mann verliebt sich in junge Nachbarin, beide haben wenig Geld. Doch so einfach ist es nicht. Die Verharmlosung der literarischen Vorlage, die dem Film angekreidet wurde, spielt sich nur auf der Oberfläche ab. «Der Nonkonformismus hingegen bleibt gut verpackt und wird zum Naschen herumgereicht», resümiert die «Filmkritik» 1962 in ihrer Februarausgabe und übersieht, daß es gerade die unbeschwerte Form ist, die bei den eleganten Komödien von Ernst Lubitsch oder Preston Sturges den subversiven Schliff ermöglicht. Zudem ist der Stil hier viel mehr als bloß Verpackung, er ist die perfekte Entsprechung zum US-amerikanischen Selbstbild der Zeit. Schön, jung, unverbraucht und erfolgreich – all das, wofür JFK und Jacky stehen, verschmilzt hier zu einer glänzenden Lackschicht, in die Blake Edwards und sein Drehbuchautor George Axelrod eine Geschichte ritzen, die mehr Widerhaken bereithält, als es mancher Kritiker wahrhaben will. Einem Kinopublikum, das in Rock Hudson und Doris Day seine erotischen Träume zu erkennen hatte, wird hier ein Paar vorgestellt, das nicht nur unverheiratet in einem Bett liegt, sondern das gleichzeitig auch noch andere Liebschaften unterhalten darf. Daß beide sich von ihren jeweiligen Partnern auch noch aushalten lassen, fällt da schon gar nicht mehr ins Gewicht. In «Frühstück bei Tiffany» ist die Eleganz nicht Tarnung, sie ist die notwendige Hülle, ohne die Blake Edwards' Sprengsatz gegen Prüderie und Verklemmung wirkungslos verpufft wäre.

Wer zahlt was?

«Ist sie eine oder nicht?» Die Frage des Besuchers auf Holly Golightlys Party stellt sich 1962 auch das deutsche Publikum, dem in der ersten halben Stunde eine Frau vorgestellt wird, die es so im Kino noch nicht erlebt hat. Ist sie eine...? Hure muß hier nach damals gängigem Moralbegriff vervollständigt werden, denn womit Holly ihren Lebensunterhalt verdient, wird diskret angedeutet. Die Männer, mit denen sie abends ausgeht, geben der zierlichen Schönheit 50 Dollar für die Toilette. Dafür dürfen sie Holly am Morgen in ihre Wohnung begleiten. Ist sie eine? Der Antwort, die sich im Kopf bilden will, kommt der redselige Partygast zuvor, der seine Frage jetzt wiederholt. «Ist sie eine ... Verrückte?»

Die deutsche Übersetzung, die hier Übermut und Lebensfreude als pathologisches Verhalten definiert, trifft das Verständnisproblem. Im Adenauer-Deutschland von 1962 kommt Holly Golightly von einem anderen Stern. Eine Frau ohne Freundin, wunderschön, selbstbewußt, unabhängig, die, wie sie ihrem Nachbarn Paul Varjak gleich zu Anfang sagt, schon so lange auf sich selbst aufpaßt, daß sie keines Schutzes bedarf. Bei so einer Frau stimmt etwas nicht. Holly Golightly ist so emanzipiert, daß sie nur «verrückt» sein kann oder eine Hure sein muß, was nie gesagt, aber eigentlich gemeint wird.

Wer sich prostituiert ist der Mann. Von Paul Varjak ist es fast das erste, was wir von ihm erfahren. Seine «Dekorateurin», so hat er sie Holly vorgestellt, will gerade seine Wohnung verlassen und zählt dem Schlafenden vor dem Abschiedskuß die Dollars auf den Nachttisch. Das sehen wir mit Hollys Augen, die auf der Feuerleiter sitzt, geflohen vor einer nächtlichen Bekanntschaft, die in ihrer Wohnung wütet. Doch es bleibt nicht bei der Beobachtung. Holly, die jetzt bei Paul im Zimmer steht, mit Blick auf das Geld: «Dreihundert, sie ist aber großzügig, ist das pro Woche, pro Abend oder was?» Paul, der sie rauswerfen will, kann nicht aus dem Bett springen, weil er nackt ist. Holly: «Ich wollte Ihnen sagen, daß ich Sie verstehe, alles verstehe.» Und, als er kurz darauf Gläser holen will: «Bleiben Sie bloß liegen, Sie müssen ja völlig erschöpft sein.» Holly, die Zerbrechliche, hat die Situation genauso souverän im Griff wie ihre jeweiligen Geldgeber. Das Kräfteverhältnis zwischen ihr und Paul steht unanfechtbar. Jetzt erst darf er seinen Beruf sagen; Paul, schüchtern: «Ich glaube, ich bin Schriftsteller.»

Die neue Zeit stellt sich vor

«Sie sind wohl auch gerade eingezogen?» fragt Paul angesichts der provisorisch wirkenden Einrichtung in Hollys Wohnung. Die Räume sind hell, unaufgeräumt und ganz und gar «nichtfraulich». Keine Sitzecke, keine Blumen und noch nicht einmal eine Entschuldigung dafür, daß all dies fehlt; statt dessen eine aufgesägte Badewanne mit Kissen als Sofaersatz und ein leeres Bücherregal. Im Kühlschrank lagern Hollys Hausschuhe, während die Pumps in der Obstschale aufbewahrt werden. Als Schrank und Beistelltisch dient ein Koffersatz. Der Blick in das Appartement von Holly Golightly offenbart die neue Zeit. Die Einrichtung wiederholt den Bruch mit Rollenklischees und Konvention. Während Paul sich in seiner in lila und gold ausstaffierten Wohnung aufhält, übernachtet Holly in ihrem Provisorium. Behaust, das signalisieren die Einrichtungen, sind beide nicht in diesen Appartements, die die Bindungslosigkeit spiegeln, in der Holly und Paul leben.

In «Frühstück bei Tiffany» sind die Menschen allein. Sie sprechen, lachen, trinken, schlafen miteinander, können aber nicht zusammenleben. Was Holly bei der Abfahrt ihres Ex-Manns, der sie wieder zurück nach Texas holen wollte, offen ausspricht – «Du hast immer den Fehler gemacht, etwas festzuhalten, was man nicht festhalten kann» –, ist das Leitmotiv in einem Film, von dem ein Hollywood gemäßes Happy-End erwartet wird – die Verbindung, wenn nicht Ehe, von Holly und Paul. Das gelingt nur mit einer die Logik des vorher Gesehenen widersprechenden Wendung. Aus Holly, der Unzähmbaren, wird Holly die Fürsorgliche, die für ihren Geliebten, einen schönen, reichen Brasilianer, strickt, kocht und ihr Leben ändert. Das kann nicht gutgehen, leitet jedoch die Wende zum Schluß ein, in der die althergebrachten Rollenklischees eingenommen werden, denen Holly und Paul bis dahin widersprachen: Die schwache Frau rettet der starke Mann.

Alles wird gut

Also doch alles wie gehabt? Das Ende ist ein Kabinettstück, das Edwards so nie wieder gelungen ist. In einem Taxi, das Holly zum Flugzeug nach Rio bringen soll, hat Paul seinen Dialog, der die Beziehung zwischen beiden regelt. Es ist ein Streit, und wie sie sich streiten, wissen wir – alles wird gut. Holly, die zum Beweis ihrer Unabhängigkeit ihren namenlosen Kater im strömenden Regen ausgesetzt hat, springt aus dem Taxi, um das verängstigte Tier wiederzufinden, Paul folgt ihr, und dem die Versöhnung besiegelnden Blickkontakt antwortet klägliches Katzengewimmer. Alles ist gut – «Moon River». Der Schluß, als hochprozentiger Hollywood-Kitsch verabreicht, löst die erotische Spannung, die untergründig seit der ersten Szene brodelt. So weit Edwards Erotik und Sex aus seinem Film verbannt, so sehr ist es dieser unterdrückte Thrill, der «Frühstück bei Tiffany» zusammenhält – bis zum Schluß, bis mit Holly und Paul auch das Publikum im Regen steht, das gegen jede bessere Einsicht keinen Moment an diesem Augenblick gezweifelt hat.

Über dreißig Jahre nach seiner Premiere wirkt Blake Edwards' Film auf merkwürdige Weise alterslos. Der Ausstattung, den Kleidern, der Atmosphäre und der Sprache – Hollys «Schätzelchen», das ihr die deutsche Synchronfassung in den Mund legt, klingt auf Tage im Ohr – spürt man jede Stunde an, die seither vergangen ist – dem Film nicht. «Frühstück bei Tiffany» ist ein Märchen, und die fangen im Kino nicht mit «Es war einmal» an, sondern vielleicht mit einer Melodie – «Moon River».

Blake Edwards

Der deutschen Kritik war Blake Edwards lange Zeit suspekt: zu glatt, zu platt, zu kommerziell und dann auch noch «Der rosarote Panther» – für diese Art von Humor fehlte dem aufgeklärten Besuche des Post-Heinz-Erhardt-Kinos jedes Verständnis. Erst als sich Ende der achtziger Jahre der mittlerweile über sechzigjährige Regisseur mit «Blind Date» (1987), «Sunset» (1988), «Skin Deep» (1989) und «Switch» (1991) zurückmeldete, fiel auf, daß Blake Edwards der letzte noch arbeitende Vertreter des großen Hollywood-Kinos war – und einer seiner besten. «Operation Petticoat» («Unternehmen Petticoat», 1959), «Breakfast at Tiffany's» («Frühstück bei Tiffany», 1961), «The Great Race» («Das große Rennen rund um die Welt», 1965), «The Party» («Der Partyschreck», 1968), «10» («Zehn – Die Traumfrau», 1979) oder «Victor/Victoria» (1982) gehören zu den bekanntesten seiner 38 Filme, von denen «The Pink Panther» («Der rosarote Panther», ab 1963) zweifellos am erfolgreichsten war. Acht Folgen bastelte Edwards aus den Abenteuern seines debilen Inspektors Clouseau, den sein Darsteller Peter Sellers zu einem Kinomythos machte, vergleichbar nur noch mit James Bond. Dabei ist es gerade Edwards' Leidenschaft für Persiflage, Zitat, Selbstzitat samt den atemberaubenden Kurven zwischen Ironie, Sarkasmus und blankem Klamauk, der ihm immer wieder übelgenommen wurde. Mit der gleichen Lässigkeit, mit der er in der Partyszene in «Frühstück bei Tiffany» eine ungleich schwerblütigere Partyszene aus Fellinis «La Dolce Vita» («Das süße Leben», 1960) persifliert, legt er eine Spur zum ersten seiner Panther-Filme, den er erst drei Jahre später realisieren wird: Die Musikphrase, mit der die Ladendiebstahlsszene von Holly und Paul begleitet wird, erinnert stark an das Thema, das Edwards' ständiger Komponist Henry Mancini für «Der rosarote Panther» schrieb – und am Ende flüchtet Paul mit einer Katzenmaske vor dem Gesicht. Neben dem Sinn fürs Groteske ist es das perfekte Timing seiner Szenen, die an Edwards' Filmen begeistern. Das eigentlich Herausragende aber ist seine Kunst, Frauen zu inszenieren. Julie Andrews, die ehemaligen Fotomodelle Bo Derek und Kim Basinger, Ellen Barkin und nicht zuletzt Audrey Hepburn waren selten besser als in Edwards' Filmen. Peter W. Jansen: «Seine Frauen sind androgyne Typen, wie man seine besten Filme ebenfalls androgyn nennen könnte. Es geht ihnen weniger um den Geschlechterkampf als um den Geschlechtertausch, den Rollenwechsel, der erst das Wesen des Männlichen und Weiblichen herauszukristallisieren in der Lage ist.»

Audrey Hepburn

Sie stand der Rolle abwartend gegenüber. «Ich glaubte, daß mir der rechte Sinn für diese Art von Komödie vollkommen abging. (...) Außerdem war dabei genau jene Art von ‹sophistication› vonnöten, die mir so schwer fällt», zitieren Audrey Hepburns Biographen Thain und Stresau den Star. Um es in der Sprache des alten Hollywood-Systems zu sagen: Es ging um den ‹Imagewandel›, den der Star vollziehen mußte. Die Kindfrau mit der asexuellen Ausstrahlung, die als aufbegehrende Prinzessin in «Roman Hollydays» («Ein Herz und eine Krone», 1953), als unglücklich verliebte Chauffeurstochter in «Sabrina» (1954) oder als Tochter eines Privatdetektivs in «Love in the Afternoon» («Ariane – Liebe am Nachmittag», 1957) immer nur das schöne, artige Kind alter Väter spielen durfte – und damit zum Star des Kinos der fünfziger Jahre avancierte –, wurde älter. Aus dem unschuldigen Kind sollte eine Femme fatale werden, oder wenn schon nicht das, dann sollte sie wenigstens erotischer werden. Wenn man Hollywoods Star-Biographien als Produktinformationen liest, mit denen für einen Markenartikel geworben wird, muß den Studioverantwortlichen die vermeintliche mangelnde erotische Ausstrahlung von Audrey Hepburn früh ins Auge gestochen sein. Kaum ein Drehbericht, in dem Audrey Hepburn nicht eine stürmische Affäre mit ihrem jeweiligen Filmpartner nachgesagt wurde. So war es Gregory Peck in «Roman Hollidays», William Holden in «Sabrina» und Peter Finch in «The Nun's Story» («Geschichte einer Nonne», 1959). Als Audrey Hepburn in ihren Rollen den Imagewandel vollzogen hatte, war diese Art der Legendenbildung beendet, und das mag nicht nur an ihrer damals glücklichen Ehe mit dem Schauspieler Mel Ferrer gelegen haben, die jetzt in der Berichterstattung hervorgehoben wurde.

Geboren wurde Audrey Hepburn als Kathleen van Heemstra Hepburn-Ruston am 4. Mai 1929 in Brüssel. Nach der Trennung ihrer Eltern wächst sie bei ihrer Mutter in Arnheim auf. Während der deutschen Besatzung unterstützt ihre Mutter die holländische Untergrundbewegung, für die ihre pummelige Tochter Kathleen Botengänge erledigt. Für eine Ballettausbildung zieht Audrey Hepburn, wie sie sich jetzt nennt, 1946 zusammen mit ihrer Mutter nach London. Sie tanzt als Chor-Mädchen in verschiedenen Musicals und tritt 1948 erstmals in einem Film auf. Ihren ersten Satz vor der Kamera spricht Audrey Hepburn in «Laughter in Paradise» («Wer zuletzt lacht», 1951) von Mario Zampi: «Wer will Zigaretten?» Mit ihrem achten Film, William Wylers «Roman Holliday» («Ein Herz und eine Krone»), wird Audrey Hepburn mit kurzen Haaren, Wickelbluse, der engen, etwas zu kurzen Hose und den Leinenschuhen zum Idol – weltweit.

Regisseur William Wyler: «Als wir den Zug in Japan verließen, konnten wir sehen, welchen Eindruck Audrey und ihre Frisur auch hier hinterlassen hatten. Meine Frau und ich waren plötzlich von einem Meer lieblicher, orientalischer Audreys umgeben.» Audrey Hepburn, die sich seit 1988 als UNICEF-Botschafterin engagierte, starb am 20. Januar 1993 an einem Krebsleiden.

George Peppard

Paul Varjak, der Mann, der sich von einer verheirateten Frau aushalten läßt und Geschichten schreibt – 1961 war diese Rolle Gift für die Karriere eines jungen Schauspielers, der sich schon in Filmen neben Gregory Peck und Robert Mitchum behauptet hatte. George Peppard meisterte diese Aufgabe, ohne das viel mehr als seine technicolorblauen Augen in Erinnerung bleiben. Seine Leistung ist dennoch nicht zu unterschätzen, schließlich ist der Film so auf Audrey Hepburn zugeschnitten, daß ein Mehr an Präsenz stören würde. George Peppard wurde 1933 in Detroit geboren und gehörte Mitte der fünfziger Jahre zu den Mitgliedern des New Yorker Actor's Studios. In «The Strange One» («Stirb wie ein Mann», 1956) hatte er neben Ben Gazzara sein Filmdebüt. Der Film über Selbstjustiz unter Kadetten einer Militärakademie ist das Regiedebüt von Elia Kazans Assistenten Jack Garfein. In den sechziger Jahren spielte Peppard in einer Reihe von Western und Kriegsfilmen, wie dem Cinerama-Spektakel «How the West was won» («Das war der Wilde Westen», 1962) von Henry Hathaway, John Ford und George Marshall, Carl Foremans überlangem Antikriegsfilm «The Victors» («Die Sieger», 1963) mit Jeanne Moreau und Romy Schneider oder an der Seite von Sophia Loren in «Operation Crossbow» («Geheimaktion Crossbow», 1965) von Michael Anderson. Zu seinen größten Erfolgen gehört «The Blue Max» («Der blaue Max», 1966), in dem er in der Rolle eines deutschen Piloten im Ersten Weltkrieg neben James Mason und Ursula Andress spielte. An seine Erfolge in den sechziger Jahren konnte Peppard im Kino nicht mehr anknüpfen. In der Rolle eines Vietnamkriegsveterans ist er deutschen Fernsehzuschauern immer noch ein Begriff. Als Hannibal Smith sorgt er mit seinen Kollegen vom «A-Team» wöchentlich in einer Vorabendserie für Recht und Ordnung, ein Job, mit dem er kaum das Interesse von Holly Golightly erregt hätte. George Peppard starb 1994.

Mickey Rooney

Sein Erkennungszeichen ist das gellende «Mrs. Golightly!» im Treppenhaus. Hollys Nachbar Mr. Yunioshi leidet unter seiner umtriebigen Mitbewohnerin. Der Running Gag in «Frühstück bei Tiffany» ist pures Ressentiment. Doch wie diese Figur gespielt wird, entsteht daraus eine Slapsticknummer wie aus den Anfangstagen des Kinos. Vorgetragen wird sie von Mickey Rooney, Hollywoods ewigem Kinderstar. 1920 als Sohn von Vaudeville-Artisten geboren, soll er schon im Alter von zwei Jahren an der Bühnennummer der Eltern teilgenommen haben. Mit fünf Jahren arbeitete er in einer Tanzgruppe, und ab seinem sechsten Lebensjahr stand er regelmäßig vor der Kamera. Als Kinderdarsteller war Rooney gefragt. Sein Name änderte sich vom ursprünglichen Joe Yule Jr. über Mickey McGuire, mit dem er im Radio erfolgreich war, erst 1933 zu Mickey Rooney. Als Kleindarsteller wirkte er an einer großen Zahl von Filmen mit, von denen einzig sein Auftritt als Puck in dem Warner-Film «A Midsummer Night's Dream» («Ein Sommernachtstraum», 1934) unter der Regie von Max Reinhardt und William Dieterle auffiel. Der Durchbruch für Rooney kam 1937 mit dem rührseligen Familienfilm «A Family Affair», in dem er den Sohn eines Kleinstadt-Richters spielte. Vierzehnmal mußte Rooney als Andy Hardy ein Millionenpublikum zu Tränen rühren, ehe auch Studioboss Louis B. Mayer genug hatte. Der gab später zu Protokoll: «Jeder gute Hardy-Family-Film brachte 500000 Dollar mehr ein als ‹Ninotschka›». 1940 war Rooney auf dem Höhepunkt seiner Karriere, er gehörte zu den bestbezahlten Stars, und in England wählten ihn die Leser eines Filmmagazins zum beliebtesten Filmschauspieler noch vor Spencer Tracy, Gary Cooper und Clark Gable. Mit dem Ende der Andy-Hardy-Reihe verblaßte Rooneys Ruhm schnell. Er war zwar auch weiterhin viel beschäftigt, doch der große Kinoerfolg mochte sich nicht mehr einstellen. So fiel es 1961 kaum auf, daß hinter der Maske des cholerischen Japaners Yunioshi einer der ganz großen Stars aus Hollywoods Glanzzeit steckte.

Breakfast at Tiffany's (Frühstück bei Tiffany)
USA 1961

Regie	Blake Edwards
Drehbuch	George Axelrod, nach dem Buch von Truman Capote
Kamera	Franz F. Planer
Musik	Henry Mancini
Schnitt	Howard Smith
Art Directors	Hal Pereira, Roland Anderson
Kostüme	Edith Heath, Givenchy
Darsteller	Audrey Hepburn, George Peppard, Mickey Rooney, Patricia Neal, Martin Balsam, Buddy Ebsen u. a.

Deutsche Erstaufführung 1962

Rowohlt im Kino

John Updike
Die Hexen von Eastwick
(rororo 12366)
Updikes amüsanten Roman über Schwarze Magie, eine amerikanische Kleinstadt und drei geschiedene Frauen hat George Miller mit Cher, Susan Sarandron, Michelle Pfeiffer und Jack Nicholson verfilmt.

Hubert Selby
Letzte Ausfahrt Brooklyn
(rororo 1469)
Produzent: Bernd Eichinger
Regie: Uli Edel
Musik: Mark Knopfler

Alberto Moravia
Ich und Er
(rororo 1666)
Ein Mann in den Fallstricken seines übermächtigen Sexuallebens – erfolgreich verfilmt von Doris Doerrie.

Paul Bowles
Himmel über der Wüste
(rororo 5789)
«Ein erstklassiger Abenteuerroman von einem wirklich erstklassigen Schriftsteller.»
Tennessee Williams
Ein grandioser Film von Bernardo Bertolucci mit John Malkovich und Debra Winger

John Irving
Garp und wie er die Welt sah
(rororo 5042)
Irvings Bestseller in der Verfilmung von George Roy Hill.

Alice Walker
Die Farbe Lila
(rororo neue frau 5427)
Ein Steven Spielberg-Film mit der überragenden Whoopi Goldberg.

rororo Unterhaltung

Henry Miller
Stille Tage in Clichy
(rororo 5161)
Claude Chabrol hat diesen Klassiker in ein Filmkunstwerk verwandelt.

Oliver Sacks
Awakenings – Zeit des Erwachens
(rororo 8878)
Ein fesselndes Buch – ein mitreißender Film mit Robert de Niro.

Ruth Rendell
Dämon hinter Spitzenstores
(rororo thriller 2677)
Rendells atemberaubender Thriller wurde jetzt unter dem Titel «Der Mann nebenan» mit Anthony Perkins in der Hauptrolle verfilmt.

Marti Leimbach
Wen die Götter lieben
(rororo 13000)
Das Buch zum Film «Entscheidung aus Liebe» mit Julia Roberts und Campbell Scott in den Hauptrollen.

Rowohlts Amerika

Paul Auster
Die New York-Trilogie *Stadt aus Glas / Schlagschatten / Hinter verschlossenen Türen*
(rororo 12548)
Jeder der drei Romane wirkt zunächst wie ein klassische Kriminalgeschichte, aber bald stimmen die vordergründig logischen Zusammenhänge nicht mehr. Schritt für Schritt wird der Leser in ein Spiel mit seinen eigenen Erwartungen verstrickt. «Eine literarische Sensation!» *Sunday Times*

Nicholson Baker
Vox *Roman*
Deutsch von Eike Schönfeld
192 Seiten. Gebunden
Zwei Menschen sprechen über Sex - am Telefon. «Vox» ist ein erotischer Roman im besten Sinne und eine kunstvoll, lebensfrohe, ebenso ungehemmte wie vorurteilsfreie Auseinandersetzung mit Sexualität heute.

William Boyd
Stars und Bars *Roman*
(rororo 12803)
Mit himmelschreiender Komik erzählt William Boyd die Geschichte von einem feinsinnigen Briten, der nach Amerika kommt und sein blaues Wunder erlebt. «Eine Farce – aber eine raffinierte!»
Nürnberger Nachrichten

Robert Olmstedt
Jagdsaison *Roman*
Deutsch von Klaus Modick
288 Seiten. Gebunden
«Ein bemerkenswerter Roman, der die prekäre Balance zwischen spannendem Thriller und lyrischer Fabel hält.»
The New York Times Book Review

rororo Literatur

Luanne Rice
Ein Leben für Nick *Roman*
(rororo 12632)
Alles zu haben heißt auch, alles wieder verlieren zu können. Dieser Gedanke beschäftigt Georgina Swift, die in scheinbar behüteten Verhältnissen lebt und ihren Mann Nick, den scheinbar tadellosen, erfolgreichen Wall Street-Anwalt, abgöttisch liebt...

John Irving
Garp und wie er die Welt sah
Roman
(rororo 5042)
«Diese Geschichte ist so absurd, so komisch, so tränentreibend, so kühl und sachlich, so wirklich und genau, daß man das Buch nicht wieder los wird.»
Nürnberger Nachrichten

Tom Robbins
Salomons siebter Schleier
Roman
Deutsch von Pociao
540 Seiten. Gebunden
Der Altmeister des Underground-Romans, läßt die verrücktesten Typen, die schärfsten Sprüche und provokantesten Gedanken über die Seiten tanzen.

3292/2